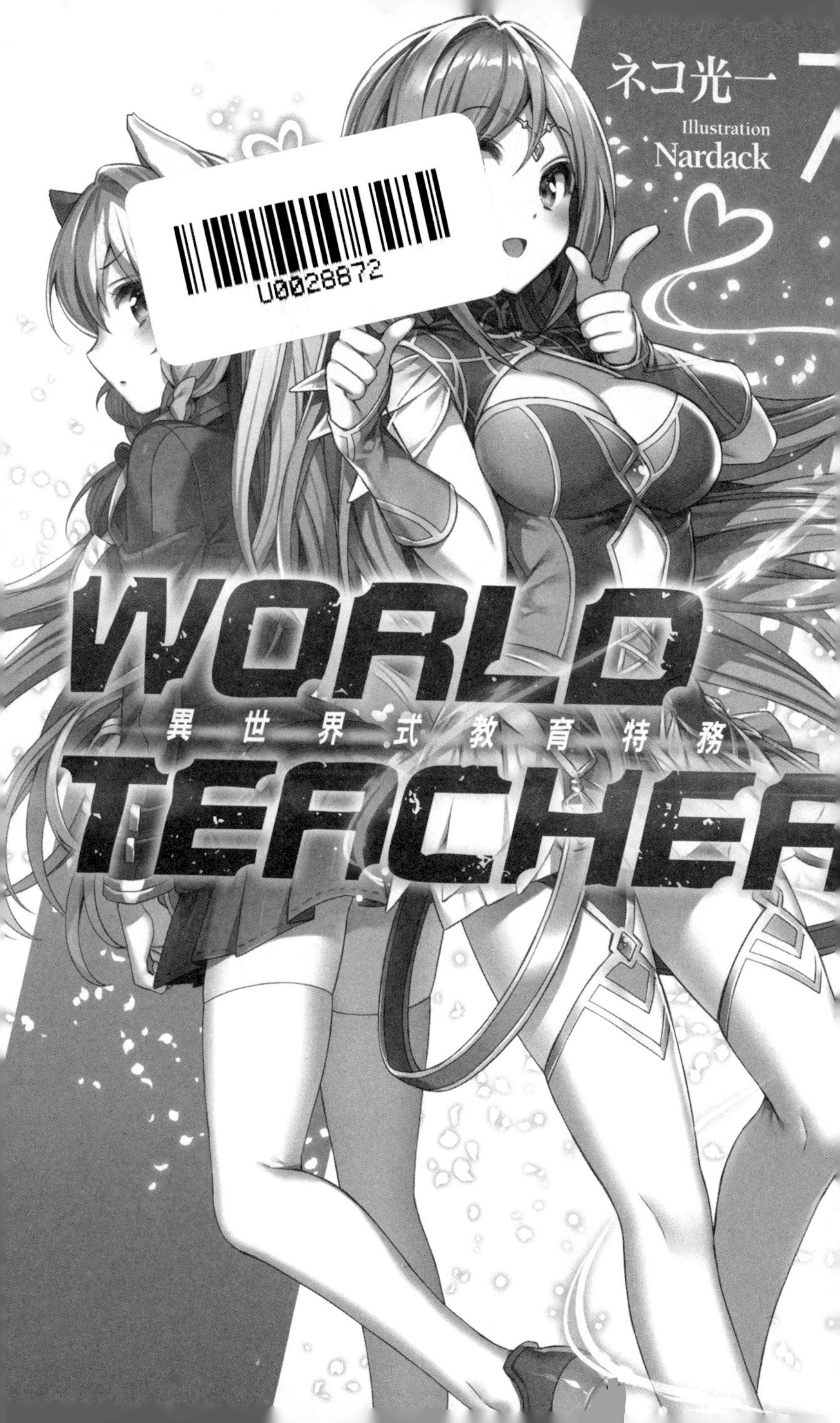
ネコ光一
Illustration
Nardack
7
WORLD
異世界式教育特務
TEACHER

CONTENTS

Illust：Nardack

《序章》

莎米菲亞・阿拉密斯。暱稱……菲亞。

小時候，我第一次踏進阿德羅德大陸時遇見的女妖精。

妖精是世上稀有的種族，因此有一群貪婪的冒險者對菲亞下毒，企圖趁她動彈不得時抓住她，我就是在這個時候救了菲亞。

基本上，妖精族自尊心都很高，容易瞧不起別人，菲亞卻非常和藹可親，還說自己是妖精中的異類。

雖然當時我跟她只相處了半天的時間，道別前菲亞主動表示等我長大要當我的情婦……不對，要嫁我為妻。如果我已經有未婚妻，她排第二、第三順位也不在意。

我不明白她迷上我哪一點，也很驚訝她突然跟我告白，但我確實也被菲亞的個性及美貌吸引住，便答應她的告白。

之後，我們約好將來要再見面，可是菲亞的故鄉規定她得在故鄉待十年才能離開，我本來預計配合這個時間，去她的故鄉赴約，沒想到……

「天狼星，我好想你喔！」

理應待在故鄉的菲亞，突然出現在我面前。

我驚訝地觀察闊別多年的菲亞，柔順的翡翠色髮絲及會自然而然將男性目光吸引過去的美麗容貌，都跟以前完全沒變。

若要說有什麼地方變了，就是我長得比菲亞還高，所以她可以整個人撲到我懷裡。

再加上我們第一次見面時，由於我的身體還是小孩，菲亞對我來說比較接近溫柔漂亮的大姊姊；如今我已經長大，徹底將菲亞當成一名異性看待，被她這麼一抱，會有股想抱回去的衝動。

然而，現在回抱她會很不妙，我努力抑制住從身體深處衝上心頭的欲望。

「欸，那個人是妖精族……對不對？好漂亮的人喔，她是誰呀？」

「該不會是大哥以前提過的妖精朋友？可是以朋友來說，他們感情會不會太好了點？」

「…………」

「嗷！」

菲亞不僅突然出現，還一見面就往我身上抱過來，導致弟子們難掩動搖。

尤其是我的戀人艾米莉亞，無法想像她現在是什麼心情。

看起來沒有生氣，但她直盯著我，一句話也不說，有點可怕。

不過這都是我的錯，誰叫我沒有說清楚我跟菲亞的關係。

儘管有點遲，我想跟大家說明詳情，便打算請菲亞先放開我，艾米莉亞卻在我開口前先走過來。

「天狼星少爺？我想請您解釋一下。」

「嗯，我知道。所以別露出那種表情。」

艾米莉亞臉上雖然帶著笑容，看得出她正在拚命壓抑各式各樣的情緒。

她之前說過就算我們成了戀人，她只會以隨從的身分自居，我要跟其他女性在一起也沒關係；即使如此，突然看到這種畫面，感覺一定不會好到哪去吧。

由於艾米莉亞走了過來，菲亞終於發現其他人的存在，愧疚地放開我。

「難道這孩子就是你的戀人？那真是對不起。我太久沒見到你……一時忍不住。」

「我也很高興能跟妳重逢，不過，其實我沒有和大家仔細介紹過妳。因為可能會講得有點久，我想今天就在這裡露宿，我慢慢說明，你們也不介意吧？」

「……我明白了。你們兩個，快點準備吧。」

「是、是！」

莉絲和雷烏斯大概是意識到不該反抗現在的艾米莉亞，乖乖答應，急忙開始準備紮營。

三位徒弟不曉得是不是想快點聽我說，動作相當俐落，沒有其他人插手幫忙的餘地，我跟菲亞只好移動到不遠處摸北斗。

「嗷……」

「這就是百狼呀。雖然我有聽說過這種生物的存在，實際見到真的好壯觀。」

「牠叫北斗，是我的好夥伴。」

「嗷！」

「牠還聽得懂人話耶。外表明明這麼威風，在你面前卻像小狗一樣，好可愛。」

菲亞伸手摸牠的頭，北斗沒有抵抗，安分地給她摸。我想是因為我在場，再加上牠知道菲亞不是敵人。

話說回來，第一次見面就敢摸北斗這隻巨狼，不愧是菲亞。

「北斗確實也有可愛的一面，可是妳不會害怕嗎？」

「牠是你的同伴吧？那就沒問題囉。」

「我很高興妳願意相信我，但妳這麼簡單就放鬆戒心沒問題嗎？過了那麼多年，我也變了不少喔。」

「你沒有變。外表當然長大了啦，不過你的心沒變，看到那些孩子就會明白。」

菲亞溫柔地看著正在紮營的弟子們，接著說道：

「因為那些孩子看起來過得那麼開心，他們是自願跟你在一起，而不是被逼的。

這麼受人尊敬的你，怎麼可能是壞人。」

「……這樣啊。」

「我是容易引人注目的妖精族，所以隱約看得出一個人的本質——不如說是欲望。那些孩子非常純真，我想我應該也能和他們處得不錯。」

「嗯，妳八成一下就能跟他們打好關係。」

我不覺得弟子們會反對，而且我自己也希望之後能跟菲亞一同旅行。

更重要的是……我想和過了近十年的時光仍然心繫著我，對我如此信賴的她在一起。

「雷烏斯，火還沒生好嗎？」

「等一下啦，姊姊，溼氣有點重，火生不起來……」

「欸，艾米莉亞，備用的毯子收在哪裡？」

看來他們還得花一些時間，最好趁現在問清楚那件事。

「菲亞，這個問題有點難以啟齒，但我還是想知道……妳的故鄉怎麼了？」

妖精到了一定的年齡必須離開故鄉，到外面的世界旅行。我們就是在那時相遇的。

經過長達十年的旅途，從外界歸來後，十年內都不能離開故鄉……這是妖精族的規定。

沒記錯的話，離我和菲亞分別應該只過了九年。

她卻出現在我面前。

我本來在猜是不是發生什麼意外導致菲亞被趕出故鄉，也考慮過最壞的可能性——跟姊弟倆一樣，故鄉遭到襲擊，不過看她的態度似乎並非如此。

「沒什麼好難以啟齒的呀，放心吧，事情沒那麼嚴重。單純只是我從故鄉偷跑出來而已。」

「不……這挺嚴重的吧。到底怎麼了？」

「發生了一些事。我們住的森林裡住著高等種大人——人稱高等妖精、外表跟我們沒有差別的妖精族。」

「高等妖精嗎……類似妖精族的祖先之類的？」

「嗯，差不多。高等種大人住在比我們的村子更深處的森林裡，可是我們連他們是什麼時候住到那裡的、總共有幾個人都不知道。」

說是祖先、情報卻這麼少，好像是因為高等妖精基本上不會從森林裡出來，也不會干涉菲亞他們的樣子。

「但是，高等種大人數百年會來一次我們的村落，把高等種大人崇拜的聖樹大人選中的妖精帶到森林深處……」

「該不會……高等妖精出現了，妳就是那個被選中的妖精？」

「沒錯。不知道為什麼，聖樹大人好像選中了我。高等種大人來通知這件事的時候，我剛好不在，於是他就先回去了，打算隔天再來。」

「然後……妳就逃出來了嗎？是說，被那個聖樹大人選中會怎麼樣？」

「先跟你說喔，對妖精而言，被聖樹大人選中是很光榮的。不過……聽說被選中的妖精從來沒有從森林深處回來過。」

「這……」

簡直跟活祭一樣……但我這個外人不該對種族特有的習俗說三道四。

而且我也沒親眼見證過，就先不要管這麼多吧。

比起這個，我更關心菲亞，因此我接著提問，以將偏離正題的話題扯回來。

「既然那麼光榮，妳為什麼要逃？」

「當然是因為想見你呀。」

菲亞對我展露燦爛笑容，彷彿這就是全部的原因。

她想都不想就回答了……

我可不是回應不了這份專情的男人。

「還有，可以不用這麼擔心我。爸爸也說我可以自己作主，逃走的妖精好像也不只我一個。」

「妳不後悔吧？」

「那當然。這是我自己思考過後做出的選擇，你不要放在心上。」

是啊……別想那麼多，只要接受菲亞的一切即可。

「……我明白了。我會跟妳在一起，直到妳滿足為止。首先該做的是……」

「是啊，得先讓那些孩子接納我才行。」

樂觀積極又不受拘束的菲亞，使我自然露出笑容。

之後大家做好在外露宿的準備，圍在營火旁邊……

「天狼星少爺請坐這裡。莉絲坐那邊。」

「……知道了。」

「嗯、嗯！」

「嗷！」

「來，北斗先生請坐後面。」

我們拿地上的樹幹當椅子坐，艾米莉亞和莉絲坐在我兩側，北斗則於我身後坐著。

「我以前看過一次銀狼族的男性，你的身體比他更壯耶。這是有在鍛鍊的證據。」

「是、是喔？」

菲亞跟我們一樣坐在對面的樹幹上，旁邊是不知所措的雷烏斯。剛才艾米莉亞跟他說了悄悄話，說不定是叫他看到菲亞有什麼小動作就立刻制住她。

就這樣，我們像要面試似的聚在一起，不過等等要跟大家商量讓菲亞加入我們，說是面試好像也沒錯。

大家就定位後就沒再說話，應該是在等我出聲。我做好覺悟，開口說道：

「先做個自我介紹吧。大家都認識我，所以……」

「那就從我開始囉。我叫莎米菲亞・阿拉密斯。全名太長了，叫我菲亞就好。」

「好、好的！我叫妃雅莉絲，大家都叫我莉絲。」

「呃……我叫雷烏斯。」

「……我是負責服侍天狼星少爺的艾米莉亞。」

由於菲亞登場時造成的衝擊，三位弟子的自我介紹非常僵硬。

僵硬歸僵硬，姑且算自我介紹完了，接下來得仔細解釋大家很想知道的我跟菲亞的關係。

「先從我和菲亞相遇的過程講起吧，之前因為情況有點複雜，我一直沒跟你們說。你們記得我救過一名妖精嗎？」

「是的。是您救了我和雷烏斯之前發生的事對不對？」

「那個妖精就是菲亞小姐……嗎？」

「嗯，是我沒錯。如你們所見，我是妖精族，所以常常被壞人盯上，在回到故鄉的途中不小心中了毒，動彈不得，在快被抓住的時候……天狼星現身救了我。」

在森林裡散步時，我碰巧看見有人想抓菲亞，從明顯並非善類的男人們手中把她救出來。

當時我對從來沒見過的妖精充滿興趣，單純只是想跟菲亞交朋友……沒想到竟然會演變成現在這個狀況。

我在內心苦笑，菲亞像在回憶往昔般，閉上眼睛接著說：

「呵呵，剛開始我還在納悶怎麼會有小孩在這裡，可是天狼星毫不畏懼帶著武器的大人並跟他們對峙，真的很帥。直到現在我還能鮮明想起當時的景象。」

「我很能理解妳的心情。」

「姊姊和我也是大哥救回來的，雖然我昏過去了沒看見。」

「我也被天狼星前輩救過好幾次……」

「嗷！」

不知不覺，所有人的視線都集中在我身上。那些統統是我自己想做的事，而且光是他們願意跟我在一起，我就心滿意足了。

聽見我的想法，大家相視而笑，只有艾米莉亞繼續盯著菲亞。

「我明白妳因為受過天狼星少爺的幫助，想跟他在一起的心情了。但我最大的疑問是妳為何要抱天狼星少爺。雖說他是妳的恩人，妖精族難道是會隨便擁抱異性的種族嗎？」

「欸，艾米莉亞，這樣講太過分了吧……」

「艾米莉亞，這是因為──」

「等一下，天狼星，我來跟她解釋。」

本來應該是沒有先講清楚的我的錯，菲亞卻對我眨了下眼睛表示「交給我吧」，我便讓她自己說明。

她先跟大家解釋一切都是因為她擅自提出的要求，然後才放慢語速接著述說原因，以便所有人都能聽清楚。

「天狼星救了我後，因為我受了傷，他還順便幫我把傷治好。照理說那些傷應該會留疤，可是多虧天狼星的治療，一道疤痕都沒有留下。身為女孩子真的非常高興。」

「這麼說來，姊姊身上的傷痕也是大哥幫忙弄掉的。」

「…………」

「不只這樣喔。你們有看到我在天上飛吧？那也是天狼星教會我的。雖然只有短短半天，和他相處的時間真的很充實。」

莉絲和雷烏斯點頭附和，只有艾米莉亞表情沒有任何變化。

然而，菲亞並沒有因此停下，把剛才跟我提到的故鄉的諸多規矩全部說清楚後，進入話題核心。

「於是，我在分別前跟天狼星告白了。希望長大後能讓我當他的戀人……不對，是妻子。」

「妻、妻子⁉」

「等、等一下⁉你們認識的時候，大哥還是小孩子吧？」

「我自己當然也覺得很奇怪。可是呀，我在世界各地旅行了近十年，從來沒碰過比遇見天狼星更令人興奮的事。我感覺到……跟這個人在一起一定能度過歡樂、幸福的時光。」

菲亞毫不猶豫地回答，沒人有辦法反駁。

她發現自己有點太激動，吐了下舌頭補充道：

「這只是我單方面的想法，所以我告訴天狼星如果他有其他戀人或妻子也沒關係。只要能跟他在一起，當第幾號妻子都無所謂。天狼星接受了這樣的我。」

「所以妳才跟他那麼親密……」

「我不是很懂結婚是怎樣，但這應該不是能隨便決定的事吧？大哥竟然答應了。」

「菲亞是認真跟我告白的，所以我也認真考慮過，發現自己對菲亞有好感，才會答應她。」

「呵呵……我們兩情相悅耶，可以說是命中註定的人。」

聽見我這麼說，菲亞露出滿足的笑容，但她的表情瞬間轉為嚴肅，看了所有人一眼，深深低下頭。

「我知道我突然冒出來，大家也很困惑，不過我也想跟天狼星一起旅行……可以讓我加入嗎？」

「我是沒關係……」

「可是姊姊她……對不對？」

「……菲亞小姐，請妳抬起頭來。既然天狼星少爺已經決定了，我並不打算反對。」

「那妳為什麼要擺出一副不甘願的態度？果然是因為……身為我的戀人，妳不能接受？」

「不是的。我早就料到天狼星少爺如此優秀，總有一天會發生這種事。不如說菲亞小姐這麼早就發現天狼星少爺的魅力，眼光之好讓我嚇了一跳。我只是想知道菲亞小姐真正的想法。」

也就是說，艾米莉亞對她這麼嚴厲，是為了判斷菲亞是不是對我有危險的人。

如今她終於放鬆警戒，神情卻依然嚴肅，直盯著菲亞。

「我對於天狼星少爺跟菲亞小姐在一起，以及菲亞小姐加入我們都沒有意見。不過，有件事我無論如何都不能退讓。」

「什麼事呢？」

「天狼星少爺的第一夫人請讓莉絲當。」

「妳在意的是這個!?我還沒──」

「可以呀。」

「咦咦!?」

「我剛才也說了，只要能跟天狼星在一起，我完全不在意順位。啊，這樣的話，我們以後會變成義姊妹對不對？不過希望妳們把我當成親姊姊，盡情跟我撒嬌。」

「……我餓了。」

「嗷！」

看來大家都同意讓菲亞加入了，只有莉絲有點混亂。

確認場面平靜下來後──雖然氣氛不像平常那麼自然──我開始為肚子餓的弟子們準備晚餐。

《熱鬧的女子會》

加拉夫。

聚集了眾多冒險者，人稱冒險者之都的城市。

冒險者聚集於此的原因，是這座城市中心有座鬥技場。

鬥技場常常會讓魔物互相爭鬥，開賭盤讓人賭誰輸誰贏，也會舉辦人類參加的小型比賽，最熱鬧的就是一年一度的「加拉夫鬥武祭」。

全世界的強者雲集，爭奪頂點的鬥武祭典……聽說是這樣。

我們好像剛好在要舉辦鬥武祭的時期來到這裡，越接近城市，路上的旅人就越多。

「天狼星少爺，請用。」

「噢，謝謝。」

我坐在駕駛座，看著前方的旅人發呆，旁邊的艾米莉亞遞給我一杯紅茶。我喝著紅茶，鬆了口氣，聽見車廂裡傳來莉絲和菲亞的交談聲。

「原來天狼星前輩之前提過的看得見精靈的人，就是菲亞小姐。沒想到有機會見到您。」
「我也是。真高興能遇見同伴。」
「那個，菲亞小姐不介意的話，可以請您教我一些精靈的知識嗎？我覺得我還沒辦法完全掌握精靈的力量。」
「呵呵，我們已經是同伴了，跟我講話不必那麼客氣。我能教的當然全都願意教給妳，可是精靈真的很難伺候，我也還在修行。今後一起努力吧。」
「是！」
雙方都是看得見精靈的人，一下就熟起來了。儘管種族不同，她們在一起的時候看起來挺像姊妹的。我心想「莉菲爾公主聽了八成會生氣」，看向旁邊，發現艾米莉亞神情複雜地看著她們。
「妳要不要也去加入？還是妳至今仍然無法接受菲亞？」
「不是的……菲亞小姐是您選擇的人，一定值得信賴。聽她昨天那麼說，我也知道她沒有危險，艾莉娜小姐的教誨卻一直浮現腦海。」
我的母親將自身的技術盡數傳授給了艾米莉亞，聽說她再三叮嚀過——
『艾米莉亞，仔細聽好。天狼星少爺的能力跟其他人明顯不同，非常強大。我想

少爺應該不會亂用他的力量，但將來很可能出現盯上這股力量、企圖利用他的人。所以，妳要多注意接近天狼星少爺的人。就算主人接納那個人，妳也不能馬上放下心防，要一直客觀地觀察對方。這麼做……有時是可以保護主人的。』

隨從或許不該有這種態度，不過這也蘊含「即使是隨從，有時也需要在主人走錯路時給予忠告」的意思。

她的教誨深植在艾米莉亞心中，再加上這次的對象是過去跟我訂下婚約的人，身為我的戀人，艾米莉亞心情想必非常複雜。

這不是搬出大道理就講得聽的，所以我說什麼都沒用。

菲亞是今後會跟我們一起旅行的夥伴，希望艾米莉亞自己想辦法打從心底接受她。

「抱歉，都是我害妳有這種感受。還有，謝謝妳。有妳這樣的戀人……妳這樣的隨從在身旁，我很幸福。」

「天狼星少爺……呵呵呵。」

我溫柔撫摸自願扮黑臉的艾米莉亞的頭，這時跑在馬車旁邊訓練腳力的雷烏斯指向前方。

「大哥！看見城市了！」

我往前面看過去，遠方是圍住城市的城牆，以及比城牆高的建築物。

雖然從這裡只看得見屋頂，那棟比城牆高的建築物八成就是加拉夫鼎鼎有名的鬥技場。

莉絲聽見雷烏斯的聲音，從車廂裡探出頭，菲亞卻沒有立刻出來，從行李拿出附兜帽的全身斗篷。

「菲亞小姐，那是？」

「唉唷，被人發現我是妖精族不是很麻煩嗎？所以……」

之前她都待在車廂內，不需要在意，可是到了城市附近，可能會有人偷看車廂，因此菲亞戴上斗篷的兜帽，遮住妖精特有的長耳。

「嘿咻……好了。雖然有點不自在，這樣就不會引人注目了吧？」

「我們還帶著超顯眼的北斗，我覺得妳可以不必在意……」

「對啊，不自在的話不遮也沒關係喔？」

「很高興你們這麼為我著想，但我不想因為我被人盯上，害大家遇到麻煩。而且我以前一直是這麼做的，不用擔心。」

我能理解菲亞的心情，還是別再插嘴吧。

戴上兜帽的菲亞一坐到我旁邊，艾米莉亞就默默抱住我的手臂。

看見艾米莉亞的舉動，菲亞臉上浮現溫柔的微笑，然後將視線移向加拉夫，懷念地瞇起眼睛。

「真懷念，想不到我會再次來到這裡。」

「菲亞小姐來過加拉夫嗎？」

「一次而已。我很想帶大家認識這座城市，可是我自己也沒待多久，沒熟到那個地步。」

「別在意。我本來就打算自己慢慢逛，畢竟又不趕時間。」

「好多人喔。是因為鬥武祭嗎？」

如莉絲所說，城門前排著一大排疑似旅人和商人的人。

幸好隊伍的前進速度好像還算快，看情況應該很快就能進城。我這麼想著，排進隊伍……

「……都不動。」

「對呀。一開始明明挺快的，途中卻突然變慢。」

不曉得是不是城門那邊出了什麼問題，隊伍突然停止前進。

由於沒事可做，我乾脆在坐在駕駛座發呆的菲亞旁邊幫北斗梳毛，這時艾米莉亞跟莉絲拿來用車廂裡的魔導具烤的餅乾。

「味道如何？」

「嗯……好吃。甜度和火候都拿捏得剛剛好。」

「對呀，比店裡賣的更好吃。」

看到我們的反應，艾米莉亞和莉絲高興得擊掌。

北斗及餅乾的香氣引來周圍的商人與冒險者的注目，但我毫不在意，繼續享用餅乾，菲亞似乎想到了什麼，開口問我：

「欸，剛才莉絲說你做的點心裡有一種叫『蛋糕』的……那是怎樣的點心？」

「是天狼星少爺的拿手料理。不只某國家的王族，連那個有名的魔法大師都深深為此著迷的究極點心。」

「妳說的是沒錯，不過這樣聽起來真厲害。」

而且那也不是什麼拿手料理，單純只是大家想吃我才一直做。

「可見有多麼美味。下次要做給我吃唷。」

做蛋糕慶祝與菲亞重逢當然沒問題，順便藉此讓大家培養感情好了。

「對了，妳們倆已經知道蛋糕怎麼做了吧？餅乾也烤得這麼好，進城後要不要幫菲亞烤個蛋糕？」

「讓我們來嗎……？」

「我從來沒做過蛋糕，沒自信能做得像天狼星前輩一樣好……」

「嘗過這個餅乾就知道了。妳們做甜點的手藝說不定已經比我還要好，我看以後的點心就由──」

「這跟那是兩回事！」

雖然我早就猜到這個回應……妳們真有默契。

順帶一提，最近莉絲跟艾米莉亞下廚的機會增加了，不過每日三餐依然由我負責。一方面是因為我喜歡烹飪，會帶頭去做，另一方面是弟子們好像不吃我煮的菜就覺得不對勁。

親手做的菜得到稱讚自然令人高興，可是以前雷烏斯說我煮的菜有媽媽的味道，害我不知該如何反應。

「啊，我也贊成她們的意見。你昨天做的菜非常美味，蛋糕應該也滿能期待的。」

「明智的抉擇。」

「可、可是天狼星前輩如果不想做，也是可以交給我們啦？」

「不，既然是菲亞的要求，我來吧。要做什麼口味？」

「我想吃起司的！」

「安全牌的草莓鮮奶油怎麼樣？」

「那是什麼樣的蛋糕？」

「啊，起司蛋糕是有甜甜的起司——」

儘管跟我預料的有所出入，看她們聊蛋糕聊得那麼開心，就這樣吧。

閒聊到一半的時候，隊伍開始前進，差不多快輪到我們了。

「是說雷烏斯跑哪去了？」

「我記得他往那邊跑……啊，回來了。」

我望向馬車後面，做完訓練的雷烏斯帶著一身汗回來。

他氣喘吁吁地站到馬車前面，接過艾米莉亞遞出的水，邊喝邊調整呼吸。

「呼……呼……大哥，我回來了。」

「歡迎回來。你去得有點久，怎麼了嗎？」

「抱歉。我在看城門前面在吵什麼，不小心延誤了時間。」

隊伍之所以前進得這麼慢，好像是因為有個商人沒通過門衛的審查。更不幸的是，下一個人是急性子的冒險者，從爭執演變成吵架，導致城門前發生一場小型亂鬥。

「難怪隊伍會停住。」

「可是有人打起來的話，我還以為會花更多時間，這樣一想就覺得事情處理得挺快的。」

「表示這是家常便飯了嗎？」

不愧是冒險者之都，血氣方剛的人似乎挺多的。

我們這群人除了菲亞外整體年齡偏低，在加拉夫很可能被那種人纏上。

雖然只要北斗一瞪，大部分的人應該都不會靠近，我還是先指導弟子們有人找碴時該怎麼做，以及正確的應對方式才進城。

「好了，首先要找旅館……」

「有點困難呢。」

不出所料，城裡到處都是人，但加拉夫有劃分出馬車用的道路，所以我們可以通行無阻。

然而，旅館非常難找，現在這家已經是第四間……

「大哥，不行。這家客滿了。」

「而且好像沒有能停馬車的倉庫。」

「我多少有預料到，不過真傷腦筋啊。」

我們開的條件——能容納北斗和馬車的旅館，每家都沒有空房。

由於我們剛好在要舉辦鬥武祭的時期來，我本來想多參觀一下再離開，連在城裡的據點都找不到就麻煩了。最壞的情況就是睡馬車裡，可是沒地方停馬車也沒用。

我思考著在城外露宿的可能性，做為最終手段，這時北斗輕輕對我叫了聲。

「怎麼了？」

「發生了什麼事嗎？」

「大哥，那裡。」

我望向雷烏斯手指的地方，一名十歲左右的人族少女抱著東西，被疑似冒險者的男人們纏上。

不對……正好相反，是少女在對冒險者糾纏不清。

「為什麼！為什麼住我家不行！」

「抱歉，那邊的服務好像比較好。」

「反正又是那些傢伙說了什麼對不對！」

「妳這小鬼真煩。是啊，沒錯。那邊的服務比較好，要參加鬥武祭的我們怎麼可能住那家旅館！」

「竟然被那種人騙，你們真的是冒險者嗎！區區謠言就能影響你們，一點都不像男人！」

「嘖，妳夠了喔！」

對方是小孩子，因此冒險者起初並沒有把她說的話當一回事，但被少女說成這樣，好像惹火了他們。

他們一副準備動手的樣子，我看該出面制止了。正當我準備走過去，雷烏斯就率先跳出來。

「等等，到此為止。人家只是個小孩吧？」

「啊？局外人給我閉嘴。因為是小孩就原諒，只會讓她得意忘形。我是在教育她。」

「用講的不就行了，你那拳頭是怎樣！」

「對付這種敢對大人回嘴的小鬼，拳頭最有效。」

「我才沒有得意忘形！我只是在說不可以隨便相信謠言！」

本以為有雷烏斯介入就能平息事態，冒險者卻沒有要停下來的跡象。

萬一雷烏斯在這裡跟人打起來，事情會很麻煩，於是我叫艾米莉亞幫忙看顧馬車，從背後接近那些冒險者。

「在這種地方鬧事會引人注目，適可而止吧？」

「囉嗦！來了個獸人又來了個小鬼，搞屁啊！」

「好了好了，用這去喝一杯冷靜一下。」

我偷偷將幾枚鐵幣塞到冒險者手中，揚起嘴角。

本以為這樣他們就會離開，卻有幾個人還不服氣，也有人露出不懷好意的笑容，覺得可以從我身上榨出更多錢。

真是……有機會白拿別人的錢，乖乖收手不就得了。

「可以了吧？」

「「嗚!?」」

我笑著威嚇他們，那群冒險者便逃也似的跑走。那麼點殺氣就被嚇跑，看來放著不管也不會有問題。

冒險者跑走後，我回過頭，看到站在少女身前保護她的雷烏斯面帶愧疚。

「抱歉，大哥。我擅自跳出來，還害你要拿錢了事。」

「別在意，我本來就打算出面。比起這個……」

「……對不起。」

最大的問題是一直糾纏冒險者的少女，她立刻道歉，大概是明白自己做過頭了。

「知道反省就好，以後要小心喔。」

「那個……因為一些原因，害我心情很不好。啊，要先謝謝大家救了我！」

「不必道謝，這是我們自己要做的。下次多注意點。」

「拜啦。」

「……那、那個！」

我結束這段對話，準備跟雷烏斯一起回馬車上，少女大聲叫住了我們。

「在那條路左轉。」

「知道了，北斗。」

「嗷！」

我們帶著那名少女，朝城裡的某處前進。

剛才在跟冒險者吵架的少女……卡琪亞之所以叫住我們，是想介紹旅館給身為冒險者的我們住。

我進一步詢問詳情，卡琪亞家似乎是開旅館的，和她起爭執的冒險者本來是他們家的房客。

「我出去買東西的時候，看見那些人帶著行李走在路上，覺得很奇怪，就去問他們怎麼了，結果他們說要退掉我們家的房間，搬去附近的旅館……」

這陣子，卡琪亞家的經營狀況好像不怎麼好。

而且這幾天還有好幾組客人退房，不只剛才那群冒險者。

「大家說的原因都一樣。另一家的服務比較好、住在我們家的旅館贏不了比賽……絕對是那些傢伙放出的怪謠言！」

「『那些傢伙』是指誰呀？」

「開在附近的旅館的店長。他們來過我家好幾次，想搶走我們家的旅館，結果都被拒絕了，所以才來妨礙我們做生意！那些人可能也會來找大哥哥你們，希望你們不要聽他們的話！」

卡琪亞忿忿不平地回答菲亞。

他們當然有去跟官員和上面的人反映，可惜對手只有拉客的樣子，要住在哪家旅館是客人的自由，因此這個問題並沒有得到重視。

對與這件事無關的我們而言，這只不過是商場上的生存競爭。可是假如那些人會對我們造成直接的危害，我會毫不留情地出手，讓他們後悔。

「答不答應要等看到你們家的旅館再說。妳話講得這麼滿，想必對自己家很有自信吧？」

「這還用說！雖然現在有點淒涼，房間都很乾淨，又大得可以慢慢休息，媽媽做的菜也很好吃！」

「有美味的料理是件好事！」

「請問，有地方可以停這輛馬車嗎？」

「當然囉！旅館外面有附門鎖的小屋，那裡可以停馬車。」

問完問題後，我們抵達卡琪亞家的旅館。

這家旅館離城鎮的中心地帶沒多遠，位置並不壞。用石頭及木材蓋成的兩層樓建築物非常大，一樓好像還有食堂和酒館。

住宿費對旅客來說剛剛好，現在又是熱鬧的鬥武祭時期，跟其他旅館一樣客滿都不奇怪，從外面看來卻幾乎感覺不到其他人的氣息。

能理解卡琪亞為什麼說有點淒涼，不過建築物本身很乾淨，看得出保養得很好。

「……還不錯。」

「大哥，要住這裡嗎？」

「還沒正式決定，但我是這麼打算的。話說回來，我想問妳一下，可以讓北斗……這隻從魔進房嗎？」

北斗的身分是從魔，本來應該要住在庭院的馬廄裡，然而，對我來說北斗是重要的夥伴。跟牠在一起會很放心，因此每次找旅館我都會問能不能讓北斗進到室內。

卡琪亞皺起眉頭，煩惱不已，大概是沒想到我會問這個問題。

「嗯……這孩子是從魔對吧？庭院的馬廄也夠大，住那裡不行嗎？」

「我不會硬要你們答應。不過北斗非常聰明，絕對不會在室內胡鬧，很安全的。」

假如這家飯店的主人是犬族或狼族獸人，八成一問就會答應。

派北斗出馬的話，他們可能會不惜趕走其他客人也要為北斗空出房間，可是讓人家做到這個地步，實在會不好意思。

「那我說的話牠也會聽？」

「跟聽從別人命令的『聽話』不太一樣。北斗雖然是從魔，把牠當成人類對待就對了。」

基本上，北斗對我的命令是絕對服從，不過如果有正當理由，其他人說的話牠也會聽。

順帶一提，除了我以外，莉絲下達有點不合理的命令牠也會聽。我不在的時候，莉絲常常會摸北斗或幫牠梳毛，所以北斗好像滿信任她的。

「好、好——！那北斗，把馬車停在那棟小屋裡。」

「嗷！」

卡琪亞指著旅館庭院中的小屋，北斗確認大家都下車後，將馬車拖到小屋裡，固定好輪子。

最後還俐落地關上小屋的門才走回來，卡琪亞興奮得不停拍手。

「哇，好厲害！真的好聰明！」

「我就說吧？而且北斗摸起來也很舒服喔，妳摸摸看。」

「可以嗎？」

北斗蹲下來讓卡琪亞方便摸牠，她提心吊膽地伸出手，立刻愛上那個觸感，抱住北斗。

「好軟！好好摸！」

「我懂妳的心情。」

「呵呵，菲亞小姐當時也是這個反應。」

「妳喜歡就好。那麼，北斗可以進去嗎？」

「嗯……對不起，我不能做決定。可是我沒聽說家裡禁止從魔進來，應該要問媽媽……吧？」

徹底被北斗迷住的卡琪亞煩惱著，這時旅館大門打開，一名女性從裡面走出。

外表看來是年過三十的人族女性，與卡琪亞有許多相似之處，推測是她的母親。

「我還想說外面怎麼那麼吵，卡琪亞，妳回來啦？」

「啊……媽媽，我回來了！我帶了客人來喔！」

「那還真令人高興，但妳得先跟客人打招呼吧？」

「啊！」

這位女性果然是她的母親。卡琪亞急忙想起職責，從雷烏斯手中接過他幫忙拿的東西，慌慌張張站到母親旁邊，對我們鞠躬。

「重新說一次……客人，歡迎光臨！」

「不好意思，小女失禮了。歡迎光臨風岬亭。」

我們在笑容可掬的母女的迎接下，進入掛著招牌「風岬亭」的建築物內。

走進旅館後，我們隔著櫃檯與卡琪亞的母親交談。

「讓從魔住在房間裡嗎……？」

「是的。牠是我的同伴，我希望牠能待在身邊。」

風岬亭不只外觀，內部也乾淨整齊，目前我毫無不滿。

剩下就是要看北斗能不能進房間，正在跟老闆娘交涉。

「媽媽，北斗很厲害喔！又乖又聽得懂我說話，重點是毛非常好摸！」

「那隻從魔真的沒有危險嗎？」

「牠聽得懂人話，只要不對牠出手就絕對不會攻擊人。再加上牠還懂得控制力道，有辦法不見血就讓對方失去行動能力。」

不僅如此，這身觸感絕佳的毛幾乎不會掉毛，因此不用擔心弄得室內都是。給牠毛巾牠還會自己擦腳底……擦肉球，進到禁止穿鞋的地方也沒問題。

「萬一發生意外，我這個主人會負起責任。我不會勉強您……不過可以請您考慮一下嗎？」

「老實說，我們家沒有針對從魔制定太詳細的規矩，這也是第一次有客人想把從魔帶進房間。無論牠有多聰明，終究是魔物，其實我很想請你讓牠住外面的小屋就好，可是……」

卡琪亞的母親神情嚴肅，看了乖乖坐在門口的北斗一眼，接著環顧室內，苦笑著說：

「說起來真丟臉，如您所見，現在家裡根本沒幾個客人。所以只要其他客人沒有來抗議，帶牠進來也沒關係。」

「太好了！謝謝妳，媽媽！」

「嘿，在客人面前不可以這樣！那麼各位決定住在我們家了嗎？」

「是的，麻煩您了。」

「謝謝您。請在這張紙上填寫必要事項。」

她笑著拿出一張紙，需要填寫的是姓名、人數及住宿天數。沒必要隱瞞，因此我迅速填好，將單子還給她。

「姓名是天狼星先生。總共五人加一隻從魔，住到鬥武祭結束……沒錯吧。需要幾間房間呢？」

「男女分開住，請給我兩間雙人房。」

「好的。那麼費用總共是——」

城裡的旅館統統客滿，再考慮到這裡的經營狀況，稍微貴一點我也不會在意。而且她還答應我任性的要求，住宿費又是良心價，我越來越中意這家旅館。碰巧救了卡琪亞，沒想到竟然中了大獎。

「那個……您好像多給了一枚銀幣？」

「您願意讓北斗進來，在來到這裡前，您女兒還幫我們介紹這座城市，算是小費吧。」

「但這——不，這是客人的心意，我就感激地收下了。」

卡琪亞的母親走出櫃檯，要帶我們到房間，途中轉頭跟我們自我介紹。

「不好意思，這麼晚才自我介紹，我叫賽西兒。請各位多多關照。」

「我才要請您多多關照。對了，請問這家旅館的員工呢？除了妳們兩位，我還沒看到其他人。」

「包含我和外子在內還有幾個人，因為旅館現在這個狀況，他們去幫忙準備鬥武祭了。」

簡單地說就是期間限定的打工，會工作到鬥武祭前一天為止。

除此之外，他們還去各個地方幫忙，靠打工賺到的薪水餬口，不過照這樣下去，生活還是有困難——賽西兒如此感嘆。

「去年鬥武祭的時候，這家旅館也跟其他家一樣客滿，經歷了一段忙碌又充實的時間。現在卻……噢，對不起，跟客人抱怨太失禮了。兩位男性的房間是這間。」

「噢，滿大的耶。」

賽西兒帶我們來到的房間比想像中還大，還有四張床，怎麼看都不像雙人房。

「本來這是多人用的大房間，我看那隻從魔的體型，覺得這間房間應該夠住。」

「太足夠了。我們真的可以住這間嗎？」

「畢竟各位幫了卡琪亞，而且……房間還剩很多。」

賽西兒自嘲似的說。雖然對她不太好意思，我就恭敬不如從命了。

跟著我們過來的北斗走到房間角落趴下，我正準備請賽西兒帶我們到女性住的房間，發現菲亞跟賽西兒在走廊上竊竊私語。

「……這種房間……嗎？」

「這樣的話……走廊底部的房間……鑰匙……」

「謝謝。至於聲音……」

「偶爾會有這種客人……所以隔音……」

聲音很小，因此我只聽得見一部分，可是我大概能理解她們在講什麼。問了八成會打草驚蛇，我便刻意不去追究。

我在旁邊裝傻裝到一半，她們很快就講完了，賽西兒若無其事地走向下一間房間，菲亞則笑著靠過來，眼神銳利得有如盯上獵物的獵人。

「呵呵……只要你願意，我隨時都可以，但我可不是只會等待的女人。」

「……我會銘記在心。」

菲亞都為我逃出故鄉了，什麼時候推倒我都不奇怪。在我如此心想之際，艾米莉亞豎起尾巴，警戒心表露無遺。

「果然不容大意。得趕快推莉絲一把……」

「那、那個……艾米莉亞？為什麼會提到我？」

「算了吧，莉絲姊！反抗現在的姊姊太危險了！」

莉絲對這樣子的艾米莉亞感到不安，本能察覺到亂說話會招致危險的雷烏斯阻止了她。

確認女生房和剛剛的房間一樣後，我們把行李放在房間，再度來到街上。人還是多到不行，不過放下馬車及行李，負擔減少的我們，可以輕鬆地行動。外加有北斗在，路人會自動讓路。

我們在眾人矚目下買路邊攤的食物邊走邊吃，悠閒地逛街，來到加拉夫最有名的鬥技場。

加拉夫的鬥技場遠比艾琉席恩學園的大，這棟壯觀的建築物，令我們下意識感嘆出聲。

我沉浸在欣賞歷史悠久的建築物中……然而，這份情緒一下就煙消雲散。因為……那裡有個比鬥技場更具衝擊性的東西。

最先注意到的是菲亞。

「哎呀？之前有那尊石像嗎……？」

「什麼!?大、大哥，你看那個！」

「……喂喂喂。」

是一尊以那個剛劍萊奧爾為模特兒的巨大石像。

大小將近我身高的三倍，宛如守護鬥技場的象徵站在那裡。看起來比我認識的萊奧爾年輕一些的石像，高舉著愛用的大劍，像拯救世界的英雄一樣。

我控制住不停抽搐的臉頰，走近石像一看，發現臺座上刻著一行字。

『蟬聯鬥武祭冠軍的霸者……剛劍萊奧爾。』

仔細一看，附近還有一尊萊奧爾的石像，這尊石像也英氣十足，刻出他揮下大劍的姿勢。

不認識他的人會覺得很帥，可惜在知道萊奧爾本性的我們眼中……

「萊奧爾？這尊石像刻的人……是教雷烏斯劍術的人對吧？」

「對啊，可是那個爺爺才沒這麼帥！」

雷烏斯說得沒錯，本人才不會用這麼帥氣的姿勢揮劍，而是基本款的上段架式。表情也沒那麼英勇，邊笑邊揮劍才是剛劍萊奧爾。

是個當夥伴就算了，與之為敵會化身為惡魔的劍術變態爺爺，世人到底把他美化成了什麼模樣？

「這位小哥，看你帶的武器挺不錯的，你也崇拜剛劍嗎？」

我們懷著複雜的心情仰望石像，走在附近的一位老爺爺突然跟我們搭話。

他好像只是路人，視線集中在劍上的老爺爺，笑咪咪地走到雷烏斯旁邊。

「咦!?沒有啊……並不崇拜。」

「哎呀，不用隱瞞沒關係。用大劍的有很多像你這種崇拜剛劍的人。看看周圍。」

我們照他所說觀察四周，確實不少背著大劍的人。意思是受到那個萊奧爾的影

響，用大劍的人增加了？

順便補充一下，雷烏斯真的不崇拜他。

對他而言，剛劍萊奧爾反而是恐怖的象徵、該打倒的敵人。

「我想問一件事，為什麼要立爺爺——這位剛劍萊奧爾的石像？」

「你不知道嗎？我看你們是冒險者的樣子，難道是剛到這裡？」

「是的。如果鬥武祭的冠軍都會立石像，照理說應該要有更多尊，這裡卻只有這個人的石像，所以我很好奇。」

「這個嘛，除了因為那是有名的剛劍外，臺座上也寫了，他創下蟬聯三屆鬥武祭冠軍的輝煌紀錄。」

看來這位老爺爺不僅喜歡聊天，還是萊奧爾的粉絲，像在炫耀般為我們說明了許多事。

數年前……萊奧爾突然現身於加拉夫參加鬥武祭，將眾多強者全部一擊打倒，拔得頭籌。

優勝時他還宣言明年也會參賽，等待強者來挑戰。

「雖然他自稱一騎當千，那人肯定是剛劍萊奧爾。剛劍近十年來都沒有任何消息，當他出現在鬥武祭上的時候可熱鬧的咧。」

一年後，萊奧爾遵照自己的宣言，再度參加鬥武祭。

儘管有些人讓他稍微費了點工夫，萊奧爾還是一路過關斬將，拿下第二次冠軍。

第三年也和第二年差不多，萊奧爾在頒獎典禮上的宣言卻截然不同。

『老夫膩了！』

他留下這句話消失了。

不過，萊奧爾展現出的壓倒性力量深深烙印在人們心中，加拉夫的負責人想讚頌他蟬聯三屆冠軍的功績，跑去跟萊奧爾交涉，得到在鬥技場前幫他立石像的許可。

那就是……眼前這兩尊石像。

我本來在想三次鬥武祭都是同一個人優勝，觀眾不會看膩嗎？萊奧爾卻每年都在變強，令觀眾興奮不已。

「哎呀，第一次看到傳聞中的那一擊時，我激動得全身發抖。那就是世界第一的劍術。」

自從萊奧爾連續三年奪得優勝（也可以說是失控）……崇拜剛劍而跑去用大劍的冒險者就變多了。

「你們也要參加鬥武祭嗎？加油啊。」

老爺爺講完這段事蹟後滿足了，愉悅地從我們面前離去。

好了，在這位老爺爺的說明中，萊奧爾被美化得非常誇張，但我跟他交手過好幾次，知道他的本性，多少猜得出他這麼做的意義。

推測他參加三次鬥武祭的原因如下。

第一年……想看看有沒有強者，跑去參加。可是參賽者比想像中還弱，他便做出那種挑釁般的宣言，希望下次來點更厲害的人。

第二年……參賽者變強了一點，但還是很弱。期待明年。

第三年……沒什麼變化，反而開始覺得來加拉夫參賽很麻煩。簡單地說，跟最後那句宣言一樣，他膩了。

……大概是這樣吧。

真相有時是殘酷的，不知情的人反而比較幸福。

老實說，不管真相如何我都無所謂，這個推測就默默收在心中吧。

「爺爺是冠軍嗎……我也不能輸啊。」

「要不要順便去報名？天快黑了，報名完就回去吧。」

「嗯。那我去了！」

既然是想超越的對手走過的道路，自己也得走一遍才會甘心——雷烏斯應該是這麼想的。

我目送他幹勁十足地衝去鬥技場的櫃檯，和我一樣盯著雷烏斯的菲亞問：

「對了，你不參加嗎？」

「天狼星前輩參賽的話，感覺可以跟雷烏斯一起拿下冠軍和亞軍。」

「沒那個打算。因為沒有理由。」

「真可惜。如果大家知道天狼星少爺的實力，這裡一定會多出一尊石像。」

「那我更不想參加了。」

艾米莉亞和莉絲都一臉惋惜，不過看到我無力的樣子，她們也跟著露出苦笑。

順帶一提，我是因為知道本性的人被美化成這樣，才會各種無力。

過了一會兒，報名完比賽的雷烏斯回來了，手上戴著附號碼的金屬製手環。

「抱歉，大哥。我花了五枚銅幣當報名費。」

「你是用自己的錢付的，不必在意。那個手環是參賽者的證明嗎？」

「對啊，比賽當天會收回去。」

「形狀好單調喔。被偽造或是被偷走的話怎麼辦？」

「別看它只是個手環，上面有刻魔法陣，很難偽造。當天還會確認我剛才填寫的情報，所以聽說很少發生意外。」

「確實，做這東西只收五枚銅幣也太多了。」

鬥武祭沒有限制參賽名額，比起會省這些小錢的，願意乾脆付錢的參賽者當然比較好。再說，好像還有條不成文的規定……手環會被偷的人根本沒資格參加鬥武祭。

順便補充一下，鬥技場平常就會舉辦各式各樣的比賽，今天的比賽好像全都結束了，為了準備明天的比賽，現在鬥技場禁止進入。

我們決定改天再來參觀，邊聽雷烏斯說明鬥武祭的規則，離開鬥技場。

本想繼續在城裡觀光，可是時間已經快到傍晚，我們便踏上歸途。

我們在賽西兒說的晚餐時間前回到風岬亭，看太陽的高度，似乎有點太早回來。

「也罷，回房間休息就好。而且剛才在路邊攤買了東西吃，肚子不太餓。」

「我倒是餓了……」

「對了天狼星，等等可以去你房間嗎？我想多聽你說些在學校發生的事。」

「大哥，我去庭院練劍。」

「知道了。晚餐時間我再去叫──」

「嘿，你們幾個。方便借一步說話嗎？」

所有人決定好各自的行程，準備進門時，一群疑似冒險者的男人叫住我們。

「……什麼事？」

「別那麼警戒。想問一下，你們打算住在這家旅館？」

「是沒錯，有問題嗎？」

他們都穿著便於行動的冒險者服裝，魄力及體格卻完全配不上這身裝備，相當可疑。

有種……只在城裡工作過的人，勉強扮成冒險者的感覺。

北斗毫無反應，可見至少他們沒有敵意，不過為什麼要問這種問題？正當我疑惑時，男子們瞥了風岬亭一眼，壓低聲音說：

「沒有啦，只是想給你們一點忠告。最好別住這家旅館。」

「為什麼？我們對這裡沒有任何不滿啊？」

「仔細聽好。聽說這家旅館的員工偷過客人的東西。不只這樣，還有人說住在這裡的人鬥武祭都會輸掉喔？」

男子們不停舉出風岬亭的缺點，最後提到某家旅館，說那裡便宜舒適，去年鬥武祭還有很多住在那裡的冒險者留下亮眼成績。

原來如此……卡琪亞說的就是這些傢伙嗎？

這樣的話，他們的真面目就是用來搶客人的冒險者，或是那家旅館的員工變裝成的。

「獸人男孩戴著那個手環，表示他要參加鬥武祭對吧？勸你最好別住這種不祥的——」

「證據呢？」

「……咦？」

「我問你證據呢？有證據證明這裡的房客在鬥武祭都會輸掉嗎？」

勝負不是光憑旅館好壞決定的吧？

雖然我不會笑相信這種事的人迷信，我並不打算拿這當輸掉時的藉口。

我的反應令男子們不知所措，但他們立刻重振旗鼓，反駁道：

「有、有證據！去年住在這裡的參賽者統統在預賽輸掉。相較之下，那家飯店的參賽者有兩個人通過——」

「雖說是預賽，數百人中只有幾個人能通過吧？所以沒人通過也不奇怪，就我所知，你說的那家旅館不是更大間嗎？」

房客數量多，參賽者人數也會比較多，出現通過預賽的人也不奇怪。

也就是機率上的問題，不可能因為住在這家旅館就贏不了。

利用待遇差距和吉凶問題搶客人不是不能理解，可是麻煩還個更會說話的人。好吧，之前那幾個搬走的房客遜到會被我的殺氣嚇跑，也許派這種貨色就夠了。

他們說的那家旅館服務聽起來確實不錯，但我很滿意願意接受北斗的風岬亭，不打算換地方住。

「就是這樣，我拒絕。你們快回去吧。」

「站、站在這家旅館那邊不會有好事喔！」

「發生什麼事我可不管！」

「你們在對單純的房客說什麼？要威脅人給我滾到其他地方去。」

「噭！」

「嗚！」

北斗站上前叫了聲，男子們便哀號著落荒而逃。都知道牠是從魔了還這麼怕，可見這些人的確不是冒險者。

我摸摸幫忙趕走他們的北斗的頭，面帶不安的卡琪亞從旅館的大門後走出來。看那樣子，她聽見我們說話了。

「……大哥哥，你們不搬走嗎？那些人好像說了奇怪的話……」

「不管他們要動什麼手腳，天狼星少爺都沒問題的。妳不必擔心。」

「別以為大哥和我們會怕他們。」

「總之，卡琪亞放心吧。」

「謝謝！啊，我幫大家拿東西。」

卡琪亞笑著跑過來，對我們在街上買的東西伸出手。

讓小孩子幫忙有點不好意思，卡琪亞卻說這也是她的工作，導致我很難拒絕，便交給她比較輕的物品。卡琪亞接過東西後，打開旅館的門等我們進去。

雷烏斯本來要去練劍，因為發生剛才那件事改變了心意，要跟大家一起回去。

我們回房休息，等待晚餐時間到來，擦完劍的雷烏斯問我：

「欸，大哥。結果那些人到底想幹麼？」

「表面上是拉客，實際上是找這家旅館的碴。妨礙營業也該有個限度。」

「對呀。什麼叫住在這邊就贏不了鬥武祭，未免太荒謬了。」

「天狼星少爺拒絕搬走，表示您很喜歡這裡對吧？」

「嗯。無論另一家旅館有多大，我就是喜歡風岬亭。住這就夠了。」

「嗷！」

「她們還答應讓北斗進來，住起來也很舒服。」

來我房間玩的女性組也加入對話，話題自然變得以風岬亭為中心。

「雖然鬥武祭那件事確實是他們胡謅的，風岬亭因此受到影響也是事實。」

「嗯。卡琪亞是個好孩子，真希望能幫上什麼忙。」

「如果他們有直接加害我們也就算了，這是商人間的競爭，也許我們最好不要干涉太多。」

弟子們無奈地垂下肩膀，大概是因為我說的話也有道理。

「可是……只要雷烏斯在鬥武祭優勝，應該可以間接幫上忙。」

不管他們再怎麼造謠，只要住在這裡的雷烏斯奪得冠軍，就能把那些負面流言一掃而空了吧。還可能因為冠軍住過這裡而引來客人。

聽我這麼說，雷烏斯握緊拳頭，幹勁十足。

「好，我絕對要贏！」

「拜託囉，雷烏斯。除了要幫忙風岬亭外，身為天狼星少爺的徒弟，不准拿出難看的成果。」

「也要為卡琪亞加油喔。優勝的話說不定會幫你立石像。」

「我不要那種東西！」

能為認識沒幾天的人這麼有幹勁，他們人真好——是我自己把弟子們教成這樣的，講這種話好像有點奇怪。

然而身為師父，他們成長為如此溫柔的人，實在令人高興。希望他們今後也不要忘記溫柔的心，走在正確的道路上成長。

「這些孩子真溫柔，不愧是跟你在一起的人。」

我跟不知何時站到我旁邊的菲亞對上目光，自然而然露出笑容。菲亞說不定也和我有同樣的心情。

遇見她的時候我就這麼覺得了，和菲亞在一起真的很自在。跟艾米莉亞與莉絲在一起，像和家人相處似的，菲亞則是長年來的夥伴。

我感到一陣滿足，菲亞拉著我的手臂問我。

她的笑容一如往常……我卻有種不好的預感。

「欸，天狼星，有件事想拜託你。」

「……什麼事？」

「艾米莉亞和雷烏斯脖子上不是有戴飾品嗎？可不可以也做一個給我？」

脖子上的飾品……頸鍊嗎？

我本來就有考慮之後做個附「傳訊」魔法陣的飾品給菲亞，沒想到她會要頸鍊。

我個人認為比起頸鍊，菲亞更適合手鐲或戒指。弟子們似乎也覺得不可思議，全都一臉納悶。

「是可以，但妳要那個就好嗎？」

「你想想，戴在脖子上不是有點像奴隸嗎？說不定能減少一些麻煩。」

「等等！那可是奴隸喔？」

奴隸會被視為其他人的所有物，比起妖精族的冒險者，確實能降低菲亞被盯上的可能性。

不過雖說只是表面上看來，這樣可是會被人當成奴隸耶？

哪有人會想被當——我旁邊就有這種人。

好吧，姊弟倆的情況非常特殊，所以他們認為那是忠誠的證明。艾米莉亞甚至覺得能當我的奴隸很驕傲。

菲亞不顧困惑的我，瞇起一隻眼睛，彷彿在說「那又如何」。

「我不在乎別人怎麼看。而且，不覺得『愛的奴隸』聽起來也不錯嗎？」

「那是我！」

「啊，對不起。戀人已經有了……那我還是當情婦吧？」

「情婦也是我！」

「好，妳先冷靜一下。」

艾米莉亞開始失控，因此我摸摸她的頭安撫她。

她樂得狂搖尾巴，用臉蹭我的手臂，我開口為這個話題作結。

「總之頸鍊是吧。我沒辦法跟妳保證，給我點時間。」

「我會期待的。還有，莉絲說戴上它的話，在任何地方都能跟你對話，是真的嗎？」

「基本上是。但能傳達的只有一句話左右，不能常常使用。關鍵時刻不能用就麻煩了，所以希望你們盡量不要用在無關緊要的事上。」

「這樣呀，真可惜。我本來想說用它就能偷偷誘惑你。」

「之前有人用這個問過我晚餐的菜色，還有催促我做點心。」

「「……………」」

犯人銀狼族姊弟及愛吃鬼聖女默默移開視線。

菲亞說她想偷偷誘惑我，可是以她的性格來看，我覺得她會光明正大地來。

之前她就說過自己是不會隱藏好感的人，她跟那個時候比起來一點都沒變，我稍微放心了點。因為菲亞自然的模樣最有魅力。

話題結束的同時，房門被敲響，艾米莉亞走過去應門。

「來了，請問是哪位？」

「我是卡琪亞……姊姊的房間是這間嗎？」

「大家有事要討論，所以聚在這間房間。怎麼了嗎？」

「啊，嗯。晚餐煮好了，我來叫你們。媽媽超有幹勁，煮了一大堆，要快點來吃喔。」

「好的，我們馬上過去。」

「知道了──」

在卡琪亞的腳步聲遠去的同時，雷烏斯肚子叫了，我看趕快去食堂吧。順帶一提，莉絲從剛剛開始就在啃肉乾止飢。

我思考著明天的計畫，正準備走出房間，發現艾米莉亞抱住我的手臂，站在原地不動。

我疑惑地看著她，不知為何，艾米莉亞緊盯著我，面色凝重。

「天狼星少爺，我有個冒昧的請求，可以請您答應嗎？」

「說來聽聽。」

「我認為還有很多事需要跟菲亞小姐商量，想請您讓我們單獨和她談談。」

「這樣啊……」

就算她們稍微自我介紹過，應該也會有不方便讓我聽見的事。

因此艾米莉亞才希望我和雷烏斯不要在場，讓她們幾個女生私下交談。

只要共同行動，自然會有這個機會，我也考慮過視狀況而定，可以由我幫忙安排，可是真沒想到艾米莉亞會主動要求。

雖然她們的感情可能因此變差，總比互相顧慮、不上不下的關係來得好。

無論如何都得看菲亞的答覆，她乾脆地答應了。

「沒問題。我反而想去約妳們呢，這種機會還是來得越快越好。」

「非常感謝。那麼飯後請借我一些時間。」

「不，邊吃晚餐邊談如何？我跟雷烏斯到外面吃，妳們三個去食堂吧。」

得到我的許可，艾米莉亞放開我的手，深深一鞠躬。

「天狼星少爺，謝謝您。」

「別客氣。吵架是沒關係，不過不可以破壞旅館喔？北斗，她們交給你了。」

「嗷！」

為了以防萬一，把北斗留在這當保鑣好了。

即使有不法之徒來襲，北斗也會下達最適當的判斷，用不著我擔心。

「事情有趣起來了。看我在今天之內贏得她們的信任。」

「我可沒那麼好搞定喔？」

「呃……有什麼事我會立刻通知你。」

艾米莉亞和菲亞瞪著對方，露出從容不迫的笑容，但她們沒有散發殺氣，莉絲也會在場，所以不會有問題……吧。

儘管有點不安，我和雷烏斯告訴賽西兒事情緣由後，離開旅館。

天色已暗，街上還是很熱鬧，我們悠閒地散著步。

過了一會兒，我們找到一家食堂進去，坐到空位上點完餐。雷烏斯咕噥道：

「賽西兒小姐聽見我們要出去，看起來很失望。」

「因為今天晚餐是她鼓足幹勁做的嘛。特地準備的料理如果剩下來，會很難過吧？」

五人份的量……而且還少了兩個照理說食量較大的男生，一般人應該都會覺得三個女生吃不完，不過……

「有莉絲姊在，不用擔心吃不完。」

「是啊，我想她八成在忙著多煮一些。好了，我們也開動吧。偶爾兩個男人一起吃飯也不錯。」

了。

「嗯！」

雷烏斯笑著將店員端來的肉塞進口中，不知道在高興什麼。

現在艾米莉亞不在，沒人會影響雷烏斯的意見，順便問一下他對菲亞的看法好了。

「雷烏斯，你對菲亞是怎麼想的？」

「嗯？我覺得她很漂亮啊。不愧是妖——嗚呃!?」

他差點說溜嘴，因此我用肉堵住他的嘴巴。渴望得到妖精族的人很多，我想盡量避免提到這個詞。

雷烏斯在嚼肉的期間發現我的意圖，想了一會兒才把肉吞下去。

「那個……不只漂亮，她給人的感覺也很舒服。雖然不到大哥那個程度，她看起來很可靠，總之我挺喜歡的。」

「是嗎，你終於也開始對異性有興趣了。菲亞的美貌確實——」

「我等等要去問她能不能叫她菲亞姊！」

啊啊……不是對女性的喜歡，而是對夥伴的喜歡嗎？

雷烏斯對異性毫無興趣，令我忍不住嘆氣。他毫不明白我的心情，咧嘴一笑。

「再說菲亞姊是大哥的女人吧？我得變強到可以連菲亞姊一起保護才行。」

「你不介意嗎？我都跟艾米莉亞在一起了，還對莉絲和菲亞出手喔？」

「我怎麼可能對給姊姊幸福的大哥有意見？而且以大哥的實力，莉絲姊跟菲亞姊都喜歡你也很正常。」

雷烏斯頻頻點頭，一副毫無問題的態度，大概是因為這個世界只要有出息有實力，一夫多妻也沒什麼大不了。

「姊姊幸福我就幸福。大哥未來也會讓莉絲姊和菲亞姊過得更幸福，我是這麼想的。」

「你太操之過急了。我們甚至還沒結婚，未來會怎樣沒人說得準喔？」

「大哥什麼事都做得到，不夠的話只要由我們幫忙就好。而且對我來說，大哥是家人，是老師，也是我的目標。我會繼續跟隨大哥！」

雷烏斯帶著宛如少年的天真笑容說道。

直接傳達過來的好意害我有點難為情，跟雷烏斯度過了一段愉快的晚餐時間。

——莉絲——

天狼星前輩和雷烏斯出去後，艾米莉亞顯得有點沮喪。她似乎覺得好像是自己把天狼星前輩趕走，陷入自我厭惡之中，但除此之外也沒有其他辦法。

我心想「這孩子還是老樣子，心裡只有天狼星前輩」，苦笑著安慰她，菲亞小姐輕拍了下艾米莉亞的肩膀。

「好了好了，這是雙方都同意的事，別在意了。不要一直在這邊煩惱，去吃晚餐吧。」

「菲亞小姐說得對。我也餓了。」

「……好的。」

我們離開房間，由菲亞小姐帶頭走向食堂。

菲亞小姐為了掩飾出身種族，用兜帽蓋著頭，看起來莫名高大的背影，總覺得有點懷念。

認識沒多久就跟北斗熟起來，帶領大家的模樣……跟姊姊好像。

更厲害的是，面對艾米莉亞彷彿能射穿人的銳利視線，竟然能滿不在乎地一笑置之。

我們在艾琉席恩念書的時候，天狼星前輩與人稱魔法大師的羅德威爾校長交手過，因此變得非常有名，突然有很多女生跑來向他示好。

姊姊都聲明他是自己的近衛了，還是有些貴族派出自己的女兒或孫女接近他，想籠絡天狼星前輩。

當然也有單純對他有好感的人，可是艾米莉亞一笑，大部分的女性都會落荒而逃。明明人家只是在微笑，心裡有鬼的話不知為何就會不敢直視。有些人好像將它取名為「席爾巴利恩笑」。

也就是說，那個笑容似乎是一種通過儀禮，用來看清對方是不是真心喜歡天狼星前輩。絕對不是因為不希望自己的戀人被搶走，或是嫉妒菲亞小姐……我是這麼想的。

我下意識盯著菲亞小姐看，她注意到我的視線，納悶地回過頭。

「怎麼了？我背上有東西嗎？」

「啊……那個，我在想明明這裡是旅館裡面，妳穿斗篷會不會覺得很拘束。」

「會是會，不過外面的人可能看得見，得小心一點才行。」

她之所以發現我在看她，一定也是因為平常就容易感覺到其他人的視線。菲亞小姐雖然說旅行很開心，我想她應該常因為自己是妖精就受到特殊待遇，或是被人盯上，大吃苦頭吧。

在我想著有沒有辦法幫她時，我們來到食堂，在裡面幫忙的卡琪亞帶領大家入座。

其他桌有別的房客，兩組疑似冒險者的人朝我們看過來，卻被待在我們腳邊的北斗嚇到，馬上別開目光。

艾米莉亞和菲亞小姐面對面坐下，我則坐到菲亞小姐旁邊。來點餐的卡琪亞看到我們，歪過頭問：

「咦？大哥哥他們呢？」

「他們今天在外面吃，因為我們幾個女生有事要談。」

「這樣呀。那請問妳們要吃什麼？」

「我要點紅酒，妳們要喝飲料嗎？」

「請給我果汁。」

「那我也一樣果汁。」

「知道了。是說……大姊姊為什麼不脫掉斗篷？」

「我不太想被人看到臉。妳別在意。」

心存疑惑的卡琪亞想起自己還在工作，便回到在後面煮菜的賽西兒小姐身邊。

我們還點了很多菜，因此我期待地等待料理送上來，艾米莉亞神情嚴肅，對菲亞小姐慢慢低下頭。

「首先，十分抱歉，突然提出這種要求。」

「沒關係呀。我們才認識沒多久，今天多聊聊培養感情吧。所以妳講話可以不用對我那麼客套唷？」

「對身為隨從的我來說這樣才正常，請妳不必在意。」

說是正常，我看得出她的語氣及態度還有點僵硬。

我想是因為她還沒對菲亞小姐放下戒心，但主人天狼星前輩都認同菲亞小姐了，艾米莉亞大概早就已經接受她。

因為她有時會露出本性。如果真的在警戒菲亞小姐，她會一直笑咪咪的。

之後，我們點的料理送上餐桌，大家都拿到飲料後，菲亞小姐拿起杯子……

「乾杯吧。誰來帶頭？」

「那麼請容我來。為了慶祝與菲亞小姐相遇……」

「「乾杯。」」

我們輕輕碰了下杯子乾杯。

菲亞小姐在乾完杯的同時喝光紅酒，吁出一口氣，瞇起眼睛滿足地笑了。

她果然……好性感。一舉手一投足都散發出魅力，外表明明與姊姊差不多，卻非常有成熟女性的魅力。妖精族都是這樣嗎？

不服輸的艾米莉亞也一口氣喝光果汁，有點用力地把杯子放到桌上，瞪著菲亞小姐。

「我再確認一次。菲亞小姐對天狼星少爺是怎麼想的？」

開口就問這個!?

我還以為這種場合都是要先閒聊再慢慢進入正題……可是菲亞小姐年紀遠比我們大，人生歷練不同，直接一點或許也不錯。

「最喜歡了。把我的一切獻給他都沒關係。」

菲亞小姐想都沒想就笑著回答，不知為何，聽見她的答覆，我們反而害羞起來。這讓還是小孩子的我們見識到成熟女性的風範，有種輸掉的感覺。

艾米莉亞和我受到震撼，說不出話來，菲亞小姐一面往杯子裡倒酒，一面問我們：

「我喜歡上天狼星的原因昨天說過了對吧？接下來可以告訴我妳們的事嗎？」

「我們嗎……？」

「對呀。例如成為戀人的契機、跟天狼星相遇的過程、喜歡上他的理由等等，希望妳們多跟我說一些事。只有我說太不公平了吧？」

「……好吧。讓我告訴妳天狼星少爺的魅力！」

我們又不是在比賽，艾米莉亞卻因為要聊天狼星前輩而振作起來，開始反擊。我聽她講過好幾次，所以我一邊吃飯，偶爾補充幾句。菜冷掉的話太可惜了。

「在我快要被絕望與不安壓垮時，少爺將我緊緊擁入懷中安慰我。」

「啊——難怪妳會迷上他。」

與天狼星前輩的邂逅、被他拯救性命的過程。

他教導自己生存方式，像家人般養育自己長大。

菲亞小姐喜孜孜地傾聽艾米莉亞熱情的演講。想多瞭解一些心上人的事，可見她是真心喜歡天狼星前輩。

啊……這個雞肉燉得好嫩，真美味。

「除了我和天狼星少爺相遇的時候，我們三個也有一次在跟菲亞小姐一樣的狀況下被少爺拯救。當時天狼星少爺氣得不得了，單槍匹馬就把令我們束手無策的敵人打得落花流水！」

「嗯，那個時候的他真的好厲害。雖然有點可怕，知道他會為我們氣成那樣，我滿高興的。」

「呵呵，天狼星真的很重視你們。」

這個湯辣度剛剛好，湯匙停不下來。之後去問問看用了哪種香料吧。

「天狼星少爺認為我該靠自己為雙親報仇，故意對我冷漠以待。那個時候我整個人陷入絕望中，但天狼星少爺這麼做都是為我著想。然後……我終於得到天狼星校爺滴寵愛了！」

咦？艾米莉亞講話怎麼怪怪的。

而且跟平常不一樣，變得好大膽……

「艾米莉亞已經有經驗了對吧？我也想快點讓天狼星抱。莉絲呢？」

「咦!?那個……我還沒……」

「對呀！莉絲也該快去讓天狼星校爺疼愛妳！天狼星校爺是紳士，對女生很溫柔滴！」

艾米莉亞一口氣喝光杯中的液體，紅著臉繼續說道。

她明顯不太對勁，這時我發現，菲亞小姐在把手中的飲料倒進艾米莉亞的杯子裡。

那個……是紅酒吧？

「真是值得高興的情報。是嗎……他很溫柔呀。」

「校爺告訴了我身為女人滴喜悅！可是他不只溫柔，也有激烈滴時候，所以我在途中不小心昏過去了。」

我們已經是可以喝酒的年齡，可是到目前為止還沒有喝過。

艾米莉亞要服侍天狼星前輩，刻意不去碰會分散注意力的酒，我則是不會特別去喝。

因此，這是艾米莉亞第一次喝酒，沒想到她喝醉會變成這樣。

「下次就輪到我滿足天狼星校爺了！我要用為了天狼星校爺成長滴胸部和身體努力服侍——」

「在那之前希望能讓我先來。雖然胸部的大小我比不過妳，我要用大人的性感魅力一決勝負。」

「我不會輸滴！」

嗚嗚……艾米莉亞醉得好厲害，一直在講讓人害羞的話。

其他房客都吃完晚餐離開了，但賽西兒小姐跟卡琪亞還在，好難為情。

「我幫妳們收盤子。嗯……是不是再上一些菜比較好？」

「咦⁉那、那麻煩再給我一盤這個。還有對不起，我們太吵了。」

「不會呀，妳們的聲音很小，我聽不清楚耶？為什麼講話要這麼小聲？」

「小聲？怎麼會……」

「因為我們在聊不太想被人聽見的話題。卡琪亞，在旅館工作要假裝沒聽見客人的聊天內容喔。」

菲亞小姐眨了下眼告訴卡琪亞，看到她這樣，我想起今天早上她跟我說的話。

她說有種魔法可以拜託風精靈，讓附近的人聽不見我們說話……難道就是這個？

能自由自在地操控風精靈，再加上這麼貼心，我覺得很厲害，不過讓艾米莉亞醉成這樣的也是菲亞小姐，我有點開不了口稱讚她。

然後，艾米莉亞繼續失控，在喝下第十杯酒時睡著了。

喃喃說著「第一次碰酒就能喝這麼多，有天分……」的菲亞小姐已經喝到第二十杯，而且還不停止。

「呼……好久沒喝得這麼開心了。完全停不下來。」

「喝這麼多沒問題嗎？」

「放心放心，才幾杯而已，小菜一碟。妳才是，肚子沒問題嗎？那是第二十盤了吧？」

「因為很好吃嘛。啊，卡琪亞，請再幫我添一盤。」

「嗯、嗯……」

艾米莉亞睡著後，魔法就解除了，於是我又跟卡琪亞加點。

她用非常不可思議的眼神看著我，有什麼奇怪的嗎？這麼美味的料理，再來一盤很正常呀。

「親眼看到還真壯觀。不過……嗯，不只聽說了天狼星的故事，又能多瞭解妳們一些，我很高興。尤其是聽見艾米莉亞的真心話。」

「啊哈哈……雖然她喝醉了，講出來的話很大膽，真正的艾米莉亞是溫柔又帥氣的女生喔。」

「嗯，我很明白這孩子有多堅強。她都不惜主動扮黑臉提防我了，論起對天狼星的心意，我或許贏不了她。」

果然……菲亞小姐注意到艾米莉亞的意圖了。

儘管菲亞小姐是天狼星前輩認可的人，他們都近十年沒見面了，直到看清對方的本性前都不能大意——艾米莉亞的老師艾莉娜小姐是這麼教的。

因此就算內心已經接受菲亞小姐，她還是沒有放下戒心……菲亞小姐似乎早就看穿了。

她對艾米莉亞露出溫柔如母親的笑容，將紅酒倒進杯子裡，一邊說道：

「但我不會因為這樣就輸給她。如果能趁這次機會跟艾米莉亞變熟就好了。」

「我想……沒問題的。因為艾米莉亞只是想知道妳是不是真心喜歡天狼星前輩。」

「那就好。對了，我還沒問妳呢。妳對我是怎麼想的？」

「我覺得妳很像我的姊姊，一方面也是因為我們擁有同樣的力量啦。」

這個我還沒跟她說，其實我偷偷期待她能在艾米莉亞和雷烏斯失去控制時，跟我一起制住他們。

「謝謝妳。那對天狼星呢？艾米莉亞雖然說第一夫人是妳，其實你們還沒成為戀人吧？」

「嗚!?是、是的……」

「不過看妳的態度就知道妳對天狼星的心意了。所以我才想問，妳不會想獨占他嗎？」

「不能說完全不會……可是我也很喜歡艾米莉亞，跟她一起也沒關係。之後如果菲亞小姐也能加入就好了——我是這樣想的。」

這就是我的真心話。

我知道天狼星前輩有多厲害，會擔心我一個人有沒有辦法支持他。所以兩個人比一個人好……若是喜歡他的人就更可靠了。

菲亞小姐聽見我的回答，喝光紅酒，滿意地點點頭。

「……是嗎？嗯，我們應該能處得不錯。真的很期待今後的生活。」

「我也是。像今天這樣三個女生一起吃飯也很好，可是我想邊跟大家一起吃蛋糕邊聊天。」

「對呀。我也想趕快吃到妳們那麼喜歡的蛋糕。」

「……嗷！」

我們相視而笑，坐在腳邊的北斗輕輕叫了聲，同時站起來。

北斗突如其來的舉動令我歪過頭，不過除了感覺到危險外，北斗會有反應的情況只有一個。我望向北斗看著的地方，不出所料，天狼星前輩和雷烏斯回來了。

「咦？妳們還在聊啊。」

「啊……天狼星校爺……」

「噢，難道妳喝酒了？」

「素滴。還是天狼星校爺滴味道最好聞……」

這已經是本能反應了吧？

艾米莉亞在聽見聲音的瞬間起身，撲進走過來的天狼星前輩懷中，向他撒嬌。

天狼星前輩有點無奈，帶著父親般的溫柔目光撫摸艾米莉亞的頭……

「嗯……呼……」

「好快。她睡著了。」

「一直都是這樣。唉，她到底喝了多少。」

「對不起唷。本來只想讓她喝一些，結果她比想像中還能喝，我不小心就……嗯。」

「我不會怪妳，但要適可而止啊。我送艾米莉亞回去，妳們也差不多該回房間囉。」

「我知道。啊，可以借一下雷烏斯弟弟嗎？有點話想跟他說。」

「那妳去問雷烏斯吧。我先走了。」

「嗯，艾米莉亞麻煩你囉。」

天狼星前輩抱著艾米莉亞，走回我們的房間。

菲亞小姐請雷烏斯坐下，還沒開口，雷烏斯就先問她：

「欸，菲亞小姐會成為大哥的女人對吧？以後可以叫妳菲亞姊嗎？」

「可以呀。那我就直接叫你雷烏斯了。有剩一些菜，要吃嗎？」

「要！謝謝菲亞姊。」

雷烏斯本來就個性率直，但他適應得這麼快也真厲害。

看著跟我和艾米莉亞不同，一下就熟起來的兩人，我默默感到佩服。菲亞小姐摸著雷烏斯的頭，開口拜託他：

「欸，雷烏斯，你今天可以來我們房間睡嗎？」

「是可以，不過那邊的床會不夠吧？我可以睡地板。」

「別擔心。莉絲今晚預計睡天狼星的房間，床會空一張出來。」

「這樣啊，那就沒問題了。」

「…………什麼？」

什麼東西沒問題……？

我睡天狼星前輩的房間……咦？

「妳晚點再去天狼星的房間，他可能還在照顧艾米莉亞。雖然他大概沒辦法放著醉成那樣的艾米莉亞不管，只要我說由我來照顧她，天狼星就會回去了吧。」

「那個，我去天狼星前輩的房間……做什麼？」

「放心，艾米莉亞不是說他很溫柔嗎？我想天狼星隨時都願意接受妳，需要的只有妳的勇氣。」

在我困惑的期間，菲亞小姐擅自幫我決定好了，於是我向正在吃剩菜的雷烏斯求救。

「雷、雷烏斯想跟天狼星前輩睡同一間房對不對？」

「呃……簡單來說就是，莉絲姊也會變得跟姊姊一樣對吧？姊姊都變得那麼幸福了，莉絲姊也會幸福的話，我不介意睡外面啊？」

「啊……啊啊……」

這孩子明明對異性沒什麼感覺，卻完全理解了。

而且還帶著滿面笑容，深信這會使我幸福的眼神耀眼無比。

他、他說的是沒錯啦……啊嗚嗚……

在那之後，我……

「…………」

等到菲亞小姐他們先回房間後，我才來到天狼星前輩的房間前。

我將手伸向門把，又把手縮回來，重複了好幾次這個動作，因為我還在猶豫。來這裡之前菲亞小姐對我說的話，在腦中迴盪不去。

『我等明天之後再說，今天就讓給妳吧。不可以放走這個機會喔。』

艾米莉亞一直鼓勵我，我卻因為太過膽小，至今一事無成，不過今天連菲亞小姐都勸我行動。

她對天狼星前輩的思念累積了將近十年，照理說應該很想第一個衝到他房間，即使如此，菲亞小姐還是推了我一把。

我不能辜負她的心意。

菲亞小姐對天狼星前輩的愛確實讓我自嘆不如……但我也一樣喜歡天狼星前輩。

在那個月夜產生的悸動，仍然沒有褪色。

沒錯……不必害怕，需要的只有踏出一步的勇氣。

我做好覺悟，用緊張得發抖的手敲響房門。

「天狼星前輩，那個……今天可以跟你一起睡嗎？」

《為了她》

——天狼星——

「……天亮了嗎？」

抵達加拉夫前我們都在外露宿，很久沒睡床上，因此我今天睡得很好。從窗外的陽光看來，應該跟我平常起床的時間一樣，本想起床做我昨天想到的那東西……我卻躺在床上動彈不得。

「……呼……」

原因是睡在旁邊的莉絲緊緊抱著我。

艾米莉亞喜歡抱住我的手睡，莉絲則習慣用全身抱緊我的樣子。說不定她是抱枕派。

不管怎樣，這樣我沒辦法起來，因此我試圖掙脫，但莉絲抱得挺用力的，硬扒開她絕對會吵醒人家。

「莉絲，該起床囉？」

「……蛋糕……」

然而，溫柔地叫醒她也沒用，她睡得很熟，沒有要醒來的跡象。

話說回來……真是毫無防備的睡臉。嘴巴有點張開，不禁讓人擔心口水會不會流出來。

看著這張孩子氣的純潔可愛睡臉挺療癒的……可是總不能一直看下去。

「對了，妳想吃蛋糕對吧？妳看，起司蛋糕做好了。」

「……再來一盤……」

真想吐槽原來妳已經吃了嗎……她對這句話有反應，繼續進攻吧。

「如果妳現在起床，我就做起司蛋糕給妳吃喔？來……張開眼睛。」

「嗯……起床……咦？」

她終於醒來，一跟我四目相交就全身僵住。

應該是因為大腦清醒過來了吧，莉絲臉上慢慢浮現紅潮，從床上彈起來，又急忙用被子蓋住自己。這青澀的反應使我下意識笑出來。

「早安，莉絲。」

「……嗯。」

她羞得彷彿會立刻飛奔而逃，接著想起自己在我房間，從被子裡探出頭，對我微笑——

「身體還好嗎？」

「我想沒問題，只是有點怪怪的而已。可是……嗯，我大概能體會艾米莉亞的心情了。」

昨晚發生了很多事，看到她高興地閉起眼睛，我鬆了一口氣。

現在還很早，不必勉強起床，於是我叫莉絲慢慢休息，自己換好衣服。

「靜不下心的話可以再睡一會兒。我去馬車一下。」

「去馬車做什麼？」

「昨天不是說了嗎？要去做蛋糕。」

我已經答應大家了，再加上為了讓我們更團結一點，是該去準備一下。

莉絲聽見蛋糕，瞬間眼睛一亮。我苦笑著走向門口，突然被莉絲叫住，便轉過頭去。

她害羞卻正經地看著我，我察覺到她想說什麼，走過去跟平常一樣摸摸她的頭。

「天狼星前輩，那個，我……」

「我收下妳的心意了。以後請妳多多指教囉——不是以弟子的身分，而是以戀人的身分。」

「……嗯！我會努力！」

她還在不好意思，所以笑起來有點僵硬，不過看見莉絲幸福的笑容，我也很滿足。

「嗷！」

「早安，北斗。」

北斗在門外等我。

昨晚，看到莉絲進到我房間，北斗就識相地走出去，在女性組的房間過夜。

我摸著貼心的北斗跟牠道早，前往停馬車的小屋。

「大哥早！」

我帶著北斗來到外面，看見雷烏斯在庭院晨練。

庭院跑起來太小，因此他在做伏地挺身，一發現我，雷烏斯便走過來精力十足地打招呼。

「早安，雷烏斯。睡得好嗎？」

「嗯，超好的。我打算去城裡跑一圈，大哥要不要也來？」

「下次再說吧，我有點事要做。」

「這樣啊，很久沒跟大哥賽跑了說。」

「抱歉，我想做蛋糕慶祝菲亞——」

「我馬上回來！」

雷烏斯聽見我要做蛋糕，一溜煙地跑走了。

我心想「他八成會真的立刻回來」，走進小屋，解除防盜裝置，穿上馬車裡的圍裙開始做蛋糕。

過沒多久，蛋糕做好了，我拿給趴在旁邊等的北斗看。

「好，完成。要試吃看看嗎？」

「嗷！」

百狼不吃東西也無所謂，但不等於不能進食。

我親手把多出來的部分餵給北斗吃，順便跟牠培養感情，這時有人往馬車走過來。

「早安，好香的味道。」

是菲亞。

昨晚她明明喝了一堆酒，看起來卻容光煥發。之前就聽說她酒量很好，似乎是真的。

我向披著那件斗篷的菲亞道早，拿出剛烤好的蛋糕。

「那就是蛋糕？形狀好漂亮。」

「為了慶祝與妳重逢，這次我在裝飾方面下了特別多工夫。要不要吃吃看？」

「想歸想，這種東西還是跟大家一起吃最好吧？我之後再來享用。」

「說得也是。妳先吃的話大家可能會有意見。」

看來菲亞已經逐漸掌握弟子們的個性。

這次我做了安全牌的草莓鮮奶油蛋糕，可是莉絲想吃起司蛋糕，也做一個分給卡琪亞跟賽西兒好了。

「我等等還要再做一個，妳呢？吃早餐的時候我會回去，妳可以先回旅館。」

「如果不會礙到你，我可以在旁邊看嗎？」

「可以啊，但沒什麼好看的喔？」

「看別人做料理很有趣呀。對了對了，圍裙很適合你。」

由於沒有理由拒絕，我便在菲亞的注視下動起手來。

蛋糕已經做過好幾次了，所以我迅速拌勻材料，倒進模子裡，菲亞感嘆地說：

「哇……動作真俐落。你以後想當廚師嗎？」

「怎麼可能？這只是興趣。」

「興趣能練到這個地步，真不簡單。露宿在外的時候你也有辦法做出好吃的菜，我越來越期待了。」

「那妳的廚藝如何？」

「不至於不會做菜，但我就一個人而已，只做得出簡單的料理。」

我邊和菲亞聊天邊動手，進入最後一個步驟，將麵糊放進烤箱。

之後只要注意別讓蛋糕烤焦即可，菲亞帶著意味深長的笑容走過來，將嘴巴湊到我耳邊。

「是說，跟莉絲共度的夜晚怎麼樣呀？」

「……我用自己的方式回應了她的心意。」

「嗯。我剛才看到莉絲，她非常滿足。所以我也會期待的。」

「妳真的好積極。意思是，莉絲已經起床回妳們房間了？」

「在我出門前回來的。她紅著臉跟我道謝的模樣非常可愛，可是一看見艾米莉亞就整個人慌了。」

「艾米莉亞怎麼了嗎？」

雖然從菲亞的態度判斷，應該不是什麼大事，我還是嚴肅地問。菲亞移開視線，搔著臉回答：

「那個……她有點宿醉。我好像不小心灌她喝太多了。」

「唉……」

只是這麼點小事，不曉得該高興還是該感到空虛。

蛋糕在我們聊天的期間烤好，我脫下圍裙，簡單地整理好東西。

「好了嗎？」

「基本上。我想立刻去看艾米莉亞，不過先幫她調個治宿醉的藥吧。」

說是藥，其實比較接近促進新陳代謝的中藥。稱不上有神效，但可以讓她好得快一點，準備一下不會有壞處。

我回想起媽媽教我的藥草學，用馬車裡常備的藥草調藥，這時雷烏斯氣喘吁吁地跑回來。

「我回來了，大哥！我聞到起司蛋糕的香味！」

「歡迎回來。蛋糕等等再吃，先去把身體弄乾淨，手也要記得洗喔。」

「知道了！」

「比起師徒，你們更像媽媽與小孩呢。」

我因這句微妙的感想露出苦笑，調完中藥，跟大家一起回到旅館。

我們帶著烤好的蛋糕，來到女性組的房間。

菲亞才剛敲門，莉絲就馬上出來開門，不過一跟我對上目光，門又關上了。

「好吧，不意外。」

「這反應好青澀，真可愛。可是門關著我們會有點傷腦筋，希望妳快點開門。」

「對、對不起。那個……仔細回想起來，實在很難為情……」

「別在意。對了，聽說艾米莉亞宿醉。」

「啊……對、對喔！請進。」

走進房間的同時，躺在床上的艾米莉亞瞬間發現我，睜開眼往這邊看。

「唔唔……天狼星少爺。」

「還好嗎？」

我將蛋糕交給莉絲，坐在枕邊的椅子上摸她的頭，艾米莉亞舒服地瞇起眼睛。

我順便用「掃描」幫她檢查身體，看來只是單純的宿醉沒錯。

「十分抱歉，竟然讓您看見這副模樣。」

「沒什麼，偶爾也會有這種事。我帶了藥來，要先碰妳肚子囉。」

簡單地說，宿醉是體內的酒精沒分解完出現的症狀。因此只要用我的再生能力活性化加快體內的代謝速度，應該會比較快好。

然而，艾米莉亞抓住我的手制止了我。

「不，這是我自作自受，所以我要讓身體自己好。無須勞煩天狼星少爺。」

「是嗎？喝個藥總可以吧？把這配水一起喝下去。」

我扶著艾米莉亞坐起來，餵她喝完水和藥，撫摸躺回床上的艾米莉亞的臉頰。宿醉明明很不舒服，艾米莉亞卻握住我的手，喜孜孜地用臉磨蹭。被子裡傳出啪噠啪噠的聲音，推測是尾巴在搖。

「呵呵呵……雖然身為隨從不該這樣，天狼星少爺來看我，我好高興。」

「這樣妳就滿足了嗎？今天沒什麼計畫，我打算在這待到妳身體狀況穩定下來喔。」

離鬥武祭還有兩天，不需要急著今天去街上觀光。

因此我預計把今天當成休息日，邊照顧艾米莉亞邊悠閒度過，艾米莉亞卻苦笑著搖頭。

「很吸引人的提議，但我沒事的。」

「不過……」

「其實在您來之前，我跟莉絲談過了，決定今天要讓菲亞小姐跟您兩人獨處。」

我回過頭，莉絲點頭表示肯定。順帶一提，她正準備跟雷烏斯一起偷吃蛋糕，就當沒看見吧。

意思是，叫我跟菲亞去約會嗎？

「可以視為妳接受菲亞了吧？」

「是的。因為我深深感受到，菲亞小姐和我們一樣喜歡您。她跟您分別了近十年，不讓你們獨處太不公平。」

「這樣啊。我的戀人真善解人意。」

「我同時也是您的隨從。不過現在……可以請您再摸我一下嗎？」

「嗯，好啊。」

「大哥，也順便摸摸我。」

「嗷！」

「那、那我也……」

「哎呀，我也該來被摸一下。」

於是，直到卡琪亞來叫我們吃早餐為止，我一直在摸大家的頭。

吃完旅館提供的早餐，我們分頭自由行動。

艾米莉亞和莉絲一個身體不舒服，一個要負責照顧病患，所以留在旅館。雷烏斯說要去冒險者公會的訓練場練劍，出門了。

我和菲亞則帶著北斗，到因為鬥武祭而熱鬧不已的街上散步。

「好多人唷。雖然走起來有點累，這種歡樂的氣氛也不錯。」

「得小心別走散才行。可是有我跟北斗在，一下就找得到吧。」

「嗷！」

「那這樣就不會走散了吧？」

菲亞走到我旁邊，抱住我的手。儘管走起來不太方便，這樣能讓菲亞開心的話，我沒道理阻止她。

唯一的遺憾之處，就是菲亞得戴著兜帽蓋住耳朵，看起來有點拘束。遮住她漂亮的頭髮太可惜了。

我們在城裡逛了各式各樣的店，看了各式各樣的東西，邊走邊吃，享受只屬於我們的約會。

北斗在途中不見了，我用「探查」調查，發現牠躲在房子後面。牠似乎是想讓我們獨處，才躲起來守候我們。真的是十分優秀的夥伴。

本來有點擔心讓北斗單獨行動，可能會有人找警衛把牠抓走，不過在冒險者眾多的這座城市裡，有從魔也不稀奇，只是一下下的話應該沒問題。百狼非常引人注目，但北斗懂得消除氣息，就算有人盯上牠，以北斗的實力也能輕易逃離，無須擔憂。

我們逛著逛著，到了午餐時間，選在一家有露天座的食堂吃飯。

幾乎每家店都座無虛席，碰巧經過的這家店卻剛好有位子，真幸運。

吃完用香料炒的肉料理後，我邊吃水果做成的甜點，邊和菲亞聊天。

「這道甜點是很美味，但早上吃的蛋糕比這好吃好幾倍。」

「等我有那個心情會再做。不如說，不定期做蛋糕的話，他們會吵著要吃。」

「呵呵，那些孩子確實會做這種事。這也沒辦法，誰叫它那麼好吃。」

話題逐漸從蛋糕還有很多口味，聊到我們做的訓練。

「跟著馬車跑嗎……一般的冒險者看來，只會覺得你們不正常。」

「一天到晚坐在馬車上，身體會變遲鈍。我們都是輪流跑，遭到偷襲也有辦法應對。」

「有那麼威猛的北斗在，應該也不太會有危險。話說回來……你變得真強壯。小時候明明那麼柔軟，現在卻長出硬邦邦的肌肉。」

「原來這就是妳剛剛一直捏我手臂的原因。」

「對呀。不只是硬，柔軟度也剛剛好，摸起來很舒服。對對對，你是不是還學會了很多魔法？我還沒見識過呢。」

「嗯。為了在我力所能及的範圍內保護他們，我一直在鍛鍊。可是現在離我的理想還很遠，沒時間讓我偷懶。」

「你的理想……到底有多遠大？」

轉生後的我遠比前世更強，但還追不上師父——擋在我面前的高牆兼目標。

「欸，既然我決定跟著你，是不是也該接受訓練？」

「那三個人是我的徒弟，所以我才訓練他們。而且現在幾乎都是他們自願去做的，妳不必勉強喔？」

「這樣呀。那我等實際看過你們的訓練內容再說。」

我和菲亞聊著今後的計畫離開食堂，來到有許多攤販的地方。

從旅行用得上的小工具到魔導具，以及單純裝飾用的首飾等等，陳列著各式各樣的商品。

我們隨意地逛著街，菲亞停在某家攤販前面。

「啊，天狼星你看，我找到一個好東西。」

「……等等。」

她拿起的東西……是用來給奴隸戴的支配項圈。

這家店好像專賣奴隸用的小道具，仔細一看，除了項圈還有各種調教道具。絕不是戀人該來逛的地方。

順帶一提，菲亞手中的項圈感覺不到魔力，是假貨。

「小姐，那東西壞掉了不能用，是用來玩那種遊戲的喔？」

「哦……那可以賣給我嗎？」

「妳要買嗎!?」

店長大概也習慣了，沒多問理由就收下錢。

菲亞脫離常軌的行為令我不知所措，她笑著將項圈放到我手上。

「……我有很多想吐槽的地方，妳買這東西到底想用來幹麼？」

「當然是戴在我身上的呀。我之前也說過，當奴隸的話就算被人知道我是妖精，他們也不方便對我出手吧？」

姊弟倆曾經戴過的支配項圈，不僅能告訴主人奴隸的位置，只要像釋放魔力一樣發送意念，還能隔空殺死奴隸。

再加上項圈只有主人拿得下來，正常情況下不會想對奴隸出手。

即使菲亞的身分曝光，只要有它應該就能讓想抓她的人打消念頭……但被當成奴隸並不是件好事喔。

真的是……沒想到不只那對姊弟，菲亞也因為這個問題害我傷透腦筋。

「其實我本來打算等到頸鍊做好，可是我現在想跟你像戀人一樣，抬頭挺胸走在路上。隔著這種蓋住身體的斗篷，總覺得很寂寞……」

「戀人……在別人眼中是奴隸吧。」

「我的感受比較重要，用不著管其他人。而且不是也有貴族會帶奴隸上街嗎？」

的確有貴族會帶著漂亮的奴隸，炫耀那是自己的所有物。

雖然我並不想被當成會幹這種無聊事的傢伙，既然菲亞希望——等等。

「呵呵……對不起，我開玩笑的。給你添麻煩也不太好，我去把這東西還——」

「還有其他辦法。」

事到如今，我才想起同樣是妖精的那個人。

「妳知道艾琉席恩有個人稱魔法大師的人吧？」

「沒親眼見過，那人是妖精族對吧？」

「那個人做了可以改變容貌的魔導具。他都用那個喬裝成普通的老師或市民，自由地在校內和街上行動。」

其實那個魔導具上的魔法陣，我有請他教我。因為喬裝技術在潛入敵陣或隱密行動時派得上用場。

學是學會了……

「可是用來刻魔法陣的魔石必須是純度高的。」

刻在一般的魔石上好像不會發動，大概是因為那是複雜又纖細的魔法陣。

順帶一提，純度指的是魔石內蘊含的魔力量，純度高的魔石光澤會明顯不同。

總而言之，要刻喬裝的魔法陣，非得是上等中的上等……數十年都不知道會不會有一顆的稀有魔石。

「剛剛那家店的魔石說不定可以。」

「你是說那顆戒備森嚴的魔石？那個不是能輕易買下的吧……」

剛才逛到的高級飾品店，有顆用來吸客的小魔石。看那個光澤，想必有不少魔力。

感覺一副會馬上被買走的樣子，可是有能耐在那顆小石頭上刻魔法陣的工匠非常少，重點是貴到不行，所以好像沒人買。錢多的貴族或許有可能，但那種人會更想要寶石吧。

我們現在雖然不愁沒錢，也只是不用煩惱生活費而已。實在買不下那顆魔石。如果是我在艾琉席恩賺最多的時候，說不定買得下手，羅德威爾卻遲遲不肯教我那個魔法陣，大概是因為那是祕術。他是在我離開艾琉席恩的數日前才教我的，因此我到現在還沒試過。

「短期內有困難，不過總有一天我會弄到那種魔石做給妳。比起被斗篷束縛住的妳，自由自在的妳更有魅力。」

「呵呵……謝謝。你都為我考慮到這個地步，我不忍耐就太失禮了。我會期待的。」

雖然不曉得要等到什麼時候，也許在其他城市買得到便宜的魔石。

這並非什麼攸關性命的大事，用不著著急，可是……錯過那顆魔石也滿可惜的。

「有沒有辦法把它弄到手呢……」

「把我的錢給你也可以，但我在遇見你之前花了一堆交通費，現在沒什麼錢。」

「就算想去公會接任務賺錢，那個金額可能得耗費一年以上。如果有辦法一口氣賺到大錢就好了。」

「大錢嗎……」

我在觀察周遭的過程中想到一件事，菲亞好像也發現了。

「要不要參加鬥武祭？獎金應該買得起那顆魔石。」

「萬一斗篷掉了，暴露出妳的身分，不是更麻煩？」

贏得鬥武祭的冠軍確實能拿到高額獎金，但要是因此被人知道菲亞是妖精，就本末倒置了。

我走在路上，一面思考有沒有其他手段，突然吹來一陣強風，差點吹掉菲亞的兜帽。

菲亞立刻伸出手，在帽子被整個吹下來前壓住它，不過因為她在想事情，反應慢了半拍，美麗的翡翠色長髮有點露出來。

不過，妖精耳朵應該勉強沒被看見。證據就是附近的人沒有動靜。

我和菲亞一同鬆了口氣，就在這時……

「難、難道妳是……莎米菲亞小姐!?」

「……糟糕。」

突然傳來響徹周遭的驚呼聲，回頭一看，帶著兩名護衛的男子站在那裡。

那個疑似貴族的男子，年紀差不多比我大一點吧？

男子穿著雖不華麗卻看得出很高級的衣服，張大嘴巴，指著菲亞顫抖不已。

從菲亞的反應看來，她好像認識這個人。

「……他是？」

「用一句話說明，就是對我一見鍾情、糾纏不清的貴族。」

與我重逢的半個月前……菲亞在某座城市買東西，帽子不小心掉了。

雖然她馬上將它戴回去，還是被幾個人看見，其中一人就是那名大叫的男子。

他叫齊格，是統治某個區域的貴族。

「看見我的那些人個性都很好，所以沒有釀成騷動，齊格卻說他愛上了我，追著我不放。」

「他會不會只是想要妖精？」

「這個嘛，齊格好像是真的想娶我。我不討厭熱情的人，但他的個性跟我水火不容。原因……你很快就會明白。」

菲亞看起來真的很困擾，齊格則笑著跑過來。

他站到我們面前，像演員似的展開雙臂，表示自己的喜悅。

「啊啊……因為命運的惡作劇而分隔兩地的我們，竟然在這裡重逢……這也是米拉大人的指引。」

「命運的惡作劇……米拉大人？」

「單純是被我逃掉而已。至於那個米拉大人，是某個宗教裡女神的名字。」

心愛的菲亞冷冷看著他，齊格卻沉醉在自己的世界中，完全沒發現。看得出見到菲亞他有多高興。

「什麼指引，只是巧合罷了。那不重要，我們正在約會，可以請你不要打擾嗎？」

「嗯？這個男人是？喂，快給我離開莎米菲亞小姐。你沒看到她很不甘願嗎？」

「哪裡不甘願啊。」

「對呀！我是自願跟他在一起的。」

齊格慢半拍才發現我的存在，仍然看不清現實。菲亞說我很快就會明白她逃走的原因，我已經理解這個人非常難搞了。

在我煩惱該如何向瞪著我的齊格說明時，菲亞忽然當他的面親了我臉頰一下。

「什麼!?」

「我跟這個人已經互許終身了，所以我不是你命中註定的對象，你放棄吧！」

「妳說的是沒錯，但會不會太直接了點？」

「對他這種人就是要講清楚。之前我都說過好幾次我有你在了，他還是不放棄，現在親眼看到總會明白了吧。」

「啊啊……嗯。我懂。」

這麼纏人的個性，能理解菲亞為何要採取這種手段。

齊格絕望地僵在原地，過了一會兒才恢復正常，狠狠瞪過來。

雖然他的殺氣不怎麼嚇人……有股不好的預感。

「原來如此。你手上握有莎米菲亞小姐的把柄，逼她聽你的話對不對！」

「……什麼？」

「那個項圈就是證據！你想把莎米菲亞小姐變成你的奴隸滿足欲望，我絕不會讓你得逞！」

「……果然沒用嗎。」

我們沒帶背包也沒有袋子，因此剛才菲亞給的項圈還拿在我手上。

我不會說他異想天開，不過這個解釋方式未免太自我感覺良好了。難怪菲亞那麼頭痛。

齊格越來越憤怒，滔滔不絕地罵我，我們則越來越冷淡。

「我說，你覺得被握住把柄的女性會笑得那麼開心嗎？嘴上說喜歡她，其實你根本沒在關心她吧。」

「住口！欺騙莎米菲亞小姐的人渣。她……由我來保護！」

「不理解心上人在想什麼的你沒資格說我。而且我會負責保護菲亞，勸你快點放棄，回家去吧。」

「你這種弱不禁風的男人哪可能保護得了她！我可是有辦法雇用各種冒險者保護她喔。」

待在齊格身後的護衛站上前，對我們施壓——並沒有。反而一副對雇主的行為感到傻眼，迫於無奈才站出來的樣子。

齊格絲毫沒感受到護衛的心情，得意地開始介紹護衛。

「這個男人可是和那個剛劍萊奧爾交手過的強者，肯定能在後天的鬥武祭拿下冠軍。」

「剛劍啊……」

與這個世界最強的劍士萊奧爾交手過，應該能加不少分。畢竟跟萊奧爾打的結果，要嘛是他看中對手有前途放走他，要嘛是被砍死。

儘管不知道是真是假，從站姿及魄力來看，可以得知這人有一定的實力。被視為冠軍候補也不奇怪。

「然後這個男人是剛劍的勁敵——劍聖的兒子！只要有他們在，發生什麼事都能保護莎米菲亞小姐！」

劍聖……記得是差一步就能達到剛劍的境界，已經不在世上的劍術達人。

萊奧爾曾經提過一次劍聖，說他是隱居前最強的勁敵。

那個劍聖的兒子，外表看來相當年輕。身高和我差不多，整體上來說身材偏纖細，但看他散發出的氣勢，這人並不簡單。裝備是短劍及輕便的防具，推測擅長以攻速取勝。

原來如此，有這麼強的人在，想保護菲亞確實不難。

然而……

「別提護衛了，你自己又如何？」

「力量不僅限於自己的武力！我確實不強，可是我的財力及身分可以彌補這一點。用自己擁有的一切守護她……這也是一種力量吧？」

我明白他想表達的意思，也有贊同的部分。事實上，他就有發掘這麼強的人雇來當護衛的能力。

不過……這跟符不符合菲亞的喜好是兩回事。

「這種類型不可能跟菲亞合得來。」

「對吧？我說，在這種意義上，也許你真的很強，不過我喜歡用自己的力量保護我的人。」

「妳、妳的意思是那個男人保護得了妳？」

「嗯，我相信他。而且他知道我不是只會乖乖讓人保護的女人，用你的說法來說，他就是我命中註定的對象。」

「這、這種平民冒險者嗎？」

「好，那麼這樣吧。」

專情是很好，但他搞不清楚狀況，眼中又只有菲亞，才會無法理解。

提個更簡單，又有眾多證人作證的方法吧。

「那兩位護衛都實力堅強對吧？還要參加後天的鬥武祭是不是？」

「沒錯。我打算等他們贏得冠軍後，讓他們當莎米菲亞小姐的專屬護衛。有鬥武祭的冠軍保護，就沒人敢碰她了吧？」

「那我也參加好了。然後跟我約定，如果我打贏那兩個人或拿下冠軍，就別再糾纏她。」

「你說什麼⁉」

齊格聽了大吃一驚，兩位護衛似乎覺得我瞧不起他們，身上散發殺氣。

我若無其事地承受他們的殺氣，還回敬了一下，對方便露出愉悅的笑容，建議齊格答應。

「……行，我答應。萬一你敢逃，我會追你到天涯海角！」

「就這麼決定了。那我們現在去報名。」

我沒等齊格回應，轉身就走，與菲亞一同前往鬥技場。走到一半，我回頭看見齊格他們跟在後面，大概是怕我們逃走。

這人難搞歸難搞，至少沒有蠢到派護衛硬把菲亞搶走。

「抱歉，難得的約會變成這樣。」

「是我害的啦。我反而重新愛上為我做到這個地步的你了。欸，今晚可以去你房間嗎？不如說我要去！」

我一面安撫激動的菲亞，一面走到鬥技場，在櫃檯辦完報名手續。

參加鬥武祭除了是想讓齊格服氣外，其實也是要讓大家知道我是能保護菲亞的男人。

只要在鬥武祭優勝，表明菲亞是我的女人，就算菲亞身分曝光，被人盯上的可能性也會大幅降低。

要與全世界都有人覬覦的妖精族——菲亞一起走下去，就是這麼回事吧。

雖然我身邊已經有極度顯眼的百狼、沒妖精那麼誇張，但同樣是稀有種族的銀狼族，以及看得見水精靈的聖女。事到如今多一個人也沒差。

除了某些時候，我之前都盡量避免引人注目，因為不想被看我是小孩就瞧不起我的人纏上。如今我已成了冒險者，幾乎沒有害怕引人注目的理由。

而且……總不能都讓徒弟表現，身為師父的我則被人看不起。

不能犯下跟在學期間同樣的失誤。

「哎呀，是北斗。謝謝你讓我們獨處。」

「嗷！」

「什麼!?莎、莎米菲亞小姐，請躲到後面去！」

途中，知道我們已經沒在約會的北斗出來了，導致齊格又在旁邊嚷嚷。

與齊格分別，回到旅館的時候，天色已暗。

為求保險起見，我用「探查」偵測，看來大家都在裡面，我們是最慢的。

我推測休息了半天，艾米莉亞應該恢復得差不多，便到房間探望她，剛進門胸口就突然受到衝擊。

犯人是撲進我懷裡的艾米莉亞。她抱我抱得相當用力，不知為何一直聞我味道。

「……菲亞小姐的味道雖然很濃，似乎是還沒怎樣的樣子。」

「我很想吐槽，不過既然妳知道我們沒怎麼樣，可以放開我嗎？」

「…………」

「不肯放開喔!?」

怎麼勸她都死不放手，我只得以這個狀態告訴弟子們我報名了鬥武祭，以及事情經過。

「我認為您的判斷是正確的。以您的實力絕對能優勝，這樣菲亞小姐也能光明正大和您跟我們走在一起。」

「那個人雖然很熱情，希望他仔細想想菲亞小姐的感受。」

「真符合大哥的作風。而且只有菲亞姊要偷偷摸摸的，我也不喜歡，所以我會盡量幫忙。」

「大家……謝謝。」

弟子們的溫柔令菲亞展露燦爛笑容，輪流抱緊他們，傳達謝意。

「這樣鬥武祭的冠軍跟亞軍就確定了！冠軍當然是大哥。」

「別大意喔？那男人的兩名護衛似乎不是普通人物。」

「當然不會大意。就算對手是大哥，我也會全力以赴！」

「嗯。拿出你的全力吧。」

我在街上逛了那麼久，還沒看到比齊格的護衛更強的人。

若有人足以成為雷烏斯的阻礙，大概就是他們。看雷烏斯並沒有掉以輕心，應該不成問題。

「和萊奧爾爺爺打過的人，還有爺爺的勁敵劍聖的兒子啊。不曉得會跟誰對上，好期待喔！」

我發現雷烏斯的一個小毛病，留到鬥武祭時再告訴他吧。

※　※　※

在那之後，我們有時訓練，有時去城裡散步，度過了兩天……加拉夫的鬥武祭揭開序幕。

聽說這次的鬥武祭有大約四百人參賽。

鬥技場是很大沒錯，但裡面沒有能容納這麼多人的房間，因此參賽選手的等候室分成八間，我跟雷烏斯在同一間。

我掃了室內一眼，一間差不多有五十人吧？

我和雷烏斯在有點擠的角落靠著牆壁，觀察其他選手。

有與夥伴一起參加，正在聊天的人。

有釋放殺氣，威嚇其他選手的人。

有在打哈欠的人……除了部分選手，大家都心浮氣躁的。

順帶一提，打哈欠的是我旁邊的雷烏斯。在等候室裡不能活動身體，他好像很無聊。

「呼啊……欸，大哥，還沒打完嗎？」

「不知道。預賽設有一定的時間限制，應該快換下一組了。」

由於參賽者眾多，鬥武祭第一天只有安排預賽。

預賽是採大亂鬥模式，今年因為參賽者眾多，每五十名參賽者會在一個擂臺上同時開打，留到最後的兩名晉級複賽。

預賽有八場，晉級複賽的選手共十六名。

順帶一提，每場比賽的五十名選手是隨機選出的，我跟雷烏斯的號碼還沒被叫到。要去參觀比賽也可以，但不知道什麼時候會輪到我們，所以我們一直留在等候室等候。

目前鬥技場在舉辦第五場預賽，似乎還得花一些時間，大概是有堅持要撐到最後一刻的選手。

「有空閒時間是很好，都準備萬全了嗎？」

「完全沒問題。隨時可以上場。」

一對一比賽，雷烏斯無疑是冠軍候補之一。可是多人戰無法預測會發生什麼事，多提防一下不會有壞處。

由於雷烏斯很習慣跟魔物或哥布林群戰鬥，卻缺乏打多人戰的經驗，我認真地叫他不要疏於準備。

「是說大哥選了什麼武器？」

「劍和小刀。你要小心別把劍弄斷喔。」

「有點擔心，不過我會努力。」

鬥武祭的規則有很多條，基本上只要讓對手認輸、昏倒或出界就算勝利。

武器可以用自己的，只有預賽的規定不太一樣，必須選擇等候室裡的武器。

我猜這條規則是為了看出選手本人的資質，也是要測試選手有沒有辦法選出適合自己的好武器。因為等候室裡的武器中混了幾把鈍掉的，武器數量和選手人數比起來也多了好幾倍。

用魔法戰鬥也可以，但上級魔法禁止使用，否則會立刻失去資格。即使沒有這條規定，上級魔法的咒文很長，也不適合在以近身戰為主的鬥武祭使用。

順帶一提，在鬥武祭殺死對手也不會有罪，不過蓄意殺人、攻擊已經認輸的對手，好像會被立刻帶走，給予懲罰。

防具方面比較自由，只要不全身都用鎧甲包住就沒問題。

比賽前裁判會先檢查參賽者裝備，我跟雷烏斯的裝備都跟平常一樣，應該不會過不了關。

等候室裡籠罩著等待被叫到的選手的緊張感，在我悠閒地檢查武器及防具時，兩名男性站到我們面前。

「哈哈哈，你看起來挺悠哉的。」

「真的。好吧，你都宣言要打倒我們了，不拿出點本事怎麼行。」

是齊格的那兩名護衛。

其中一人是體型比萊奧爾小一圈、背著大劍的中年男子，另一人是年齡與體型都與我差不多的青年。

「大哥，這兩個就是你說的人嗎？」

「是啊。他們無疑會成為我們的對手。」

「真敢說。以最近的年輕人來說，你滿有幹勁的嘛。」

「祈禱你不是空有幹勁而已。」

中年男子笑著說道，青年則不悅地鄙視我們。

這兩個人態度正好相反。這時我想起我們還沒自我介紹過。

「這部分就請兩位看看我在比賽時的表現囉。總之先做個自我介紹吧。我叫天狼星，隨意環遊世界的冒險者。」

「我是這個人……大哥的弟子雷烏斯。」

「嗯，我叫傑基爾。我也是冒險者，現在在當別人的護衛。」

「……我叫貝奧爾夫。」

中年男子……傑基爾是個親切的人，笑著對我伸出手。我警戒了一下這是不是陷阱，不過並沒有察覺異狀，便回握他的手。

至於講話用敬語的那名少年……貝奧爾夫，不僅沒有握手，還只告訴我們他的名字，大概是性格比較乖僻。

「幹麼那麼冷淡。他們倆說不定會成為你的好敵手喔？」

「這是由我自己決定的。我不知道你們有多強，請努力讓我拿出真本事吧。」

貝奧爾夫始終一副興致缺缺的樣子，離開我們面前。

雷烏斯好像很不滿他的態度，但傑基爾苦笑著向我們道歉，所以他什麼都沒抱怨。

「抱歉。那傢伙平常沒那麼冷淡，可是他討厭用大劍的人，才會擺出那種態度。」

「什麼鬼？是說傑基爾先生不也用大劍嗎？」

「叫我傑基爾就好。我的話是因為跟他並肩作戰過，他認同我的實力。別看他那樣，那傢伙很渴望力量，對強者就會以禮相待。」

「因為他是劍聖的兒子？」

「噢，你很敏銳喔。沒錯，那傢伙拚了命地想超越父親。真年輕啊……」

儘管不及剛劍萊奧爾，劍聖也是有名的劍士。

為了超越偉大的父親，貝奧爾夫踏上尋找強者的旅程，在前幾天用光旅費，只得當齊格的護衛賺錢。

他本來還在煩惱身為護衛是不是不方便參加鬥武祭，雇主齊格卻說他不在意。雖然他一直纏著菲亞，齊格似乎擁有願意傾聽護衛要求的寬大心胸。

「話說回來，跟剛認識的我們講他是劍聖的兒子沒問題嗎？」

「他自己也沒打算隱瞞，反而說過這樣說不定能引來強者，希望消息傳開一點喔？不必擔心啦。」

「我明白想跟厲害的人交手的心情，可是幹麼討厭大劍？」

「我個人覺得心情挺複雜的。是因為萊奧爾先生。」

劍聖輸給了剛劍萊奧爾，因此喪命。

由於這是兩位劍士認真較量的結果，他並不恨萊奧爾，但那終究是奪走父親的人，貝奧爾夫對他好像沒什麼好感。因此，模仿萊奧爾用大劍的人，他統統覺得礙眼到不行。

「不覺得要用什麼武器是個人自由嗎？我也是崇拜萊奧爾先生才變強的耶。」

「崇拜……」

「是啊。年輕時我跟他打過一次。他像切紙一樣把我的劍砍斷，還弄斷我好幾根骨頭，慘到不行……不過那壓倒性的力量深深迷住了我。」

崇拜那個變態爺爺嗎……

身為知道萊奧爾本性的人，總覺得不能讓他們碰面。

在傑基爾述說往事時，工作人員進入等候室念出選手的號碼。

「叫到我了，你們還沒輪到的樣子。那我走啦，快點打一打收工。」

「挺從容的嘛。」

「哈，我才要這麼說。能這麼鎮定地站在我們面前，你肯定很強對吧？」

「大哥是最強的！」

「哈哈哈！總之我在複賽等你。別管那個雇主，好好享受比賽吧。」

傑基爾愉悅地笑著，走出等候室。

剛才叫到的是第六組，我們也該出場了吧。

「大哥你看，那個貝奧爾夫還在，真搞不懂那傢伙。不過我不討厭那個叫傑基爾的大叔。」

「他感覺像有常識版的萊奧爾。不曉得會跟哪一方對上，看來有必要認真起來。」

「嗯。再加上要幫菲亞姊的忙，絕不能輸。」

雷烏斯不是會輕忽對手因而大意的人，不需要再擔心他。

偶爾我也專注在自己的事上吧。

過了一會兒，工作人員來叫下一批選手。

工作人員跟剛才一樣一個個點名，總算叫到雷烏斯的號碼。

「終於到我啦！喔，那傢伙好像也是這場。」

貝奧爾夫也站起身，單手拿著他選的長劍，朝門口走去。

我還沒被叫到，但我想去參觀雷烏斯的比賽，便跟著離開等候室。既然已經知道我是最後一組，就用不著待在這裡等。

「那我走了，大哥。」

「加油。」

我在途中和雷烏斯分頭行動，走向只有參賽者及工作人員能進入的走道，來到供人觀戰的地方。

構造看起來跟艾琉席恩學園的鬥技場相同，不過到處都有壯觀的石柱與石像，更重要的是面積差了好幾倍，該說不愧是當地名勝嗎？有這麼大的空間，確實可以讓五十人同時交戰。

我望向觀眾席，一般區域座無虛席，有些地方則是空著的，好像是專門給貴族坐的座位。要找到她們三個並不簡單，可是北斗待在附近，我一下就發現了。

正常情況下，從魔不可能進得了觀眾席，但那邊是齊格為菲亞準備的貴族座，設計得像包廂一樣，北斗也能進去。

我本來在想齊格會不會趁我們比賽時對菲亞出手，他卻說鬥武祭結束前什麼都不會做，坐在另一邊的座位。這傢伙真守規矩。

坐在包廂區的話，居心不良的人沒辦法靠近，再加上還有坐在地上、看起來有點拘束的北斗保護她們，應該不用擔心。

三人一邊聊天，一邊為雷烏斯加油，艾米莉亞發現我在這裡，對我揮手。虧妳找得到我，現在專心幫雷烏斯加油啦。

「大哥！你看著！」

……才剛這麼想，雷烏斯也對我揮手。

我無言以對。

宣布比賽開始的銅鑼聲響徹四周，為雷烏斯的預賽揭開序幕。

站在擂臺上的五十人同時行動，包含各種選手在內的戰鬥，於擂臺的各個角落展開。

由於我站在遠方觀戰，看得清每位選手戰鬥方式的差異。有人組成預賽限定的同盟，試圖減少對手數量；有人到處亂逃，避免捲入混戰。也有人採取卑鄙的戰術，但這也是一種策略。

在那之中，雷烏斯沒有離開原地，拿著武器警戒周圍。因為我教過他混戰時要多注意附近，從接近自己的對手開始冷靜應對。

以雷烏斯現在的實力，被包圍也有辦法對付──才剛這麼想，我就發現一群可疑人士。

要跟誰戰鬥是參賽者的自由，卻有五個人同時逼近雷烏斯。

當然有可能是巧合，不過他們離雷烏斯那麼遠，還無視其他選手而針對他，顯然是刻意的。

每場預賽的五十人是隨機選出，這些人卻碰巧與夥伴同一組，盯上實力堅強的雷烏斯……我是這麼推測的，可是崇拜萊奧爾而跑去用大劍的選手那麼多，雷烏斯在阿德羅德大陸又沒沒無聞。

雖說他是銀狼族，我並不覺得這樣就會被視為危險對象，本來還以為他被盯上的可能性很低……然而。看到其中兩人我就明白了。

「無視他們的忠告就是會有這種下場啦！」

「快給我輸掉吧！」

是我們抵達加拉夫的第一天，被卡琪亞纏上，想要對她動粗的那群冒險者。

意思是……那個嗎？拿雷烏斯當目標，是為了讓住在風岬亭就贏不了鬥武祭的流言成真？

這麼一想，他們的言行舉止就說得通了。其他人並非他們的同夥，疑似是住在同一間旅館的冒險者。

恐怕是老闆拿錢叫他們優先攻擊雷烏斯。

真是……沒想到我們不換地方住，就祭出這種無聊的手段。

在混戰中臨時組隊並不稀奇，盯上雷烏斯的原因也只要說「因為他看起來很強」即可，構不成明確的證據。

至於那幾個冒險者，大概覺得暫時跟別人合作，減少其他選手的數量是不錯的主意……可惜他們犯下一個致命的錯誤。

就是……

「喝啊——！」

「「唔啊啊啊啊——!?」」

他們不知道雷烏斯的實力。

鬥武祭提供的大劍雖然比雷烏斯的愛劍小，憑藉他的力量，還是將襲向他的選手一同轟飛。

第一劍擊倒兩人，第二劍把剩下三人轟到擂臺外，觀眾們看到這一幕，目瞪口呆地盯著雷烏斯。

「怎麼了？再來啊！」

「嗚!?」

其他選手明白了實力差距，尖叫著落荒而逃。雷烏斯意識到再怎麼等都不會有人來，主動轉為攻勢。

他不斷把選手轟出去，彷彿要回應歡呼著「剛劍再現」的觀眾。

「這樣就第十個！下一個是──唔!?」

雷烏斯順利打倒一個個選手，突然在途中轉過頭，把劍當成盾擋在身前。下一刻，激烈的金屬碰撞聲響起，與此同時，剛揮下劍的貝奧爾夫出現在他面前。

「哦……竟然接得下這招。」

「簡單啦。不過你挺有種的嘛，給我搞偷襲。」

「我只是在測試你。那麼，這樣如何？」

貝奧爾夫揮劍的速度快到劍身會產生殘影，宛如分裂成了兩把。

然而，雷烏斯一下往下劈，一下向上砍，彈開貝奧爾夫的劍，還順勢瞄準他的頭頂追擊。

「什麼!?」

直接吃下這一擊的話，當場喪命也不奇怪。貝奧爾夫使出全力往後跳，閃開攻擊，與雷烏斯暫時拉開距離。

「果然閃過了嗎？真是，都是因為你在測試人，才會這麼大意。」

「看來我太失禮了，之後我會更認真一點。」

「來啊，下一劍一定會砍中你！」

貝奧爾夫再度發動攻擊，攻速比剛才更快，看起來變成了四把劍。

然而，雷烏斯用同時射出複數斬擊的剛破一刀流──散破，正面將其盡數抵擋下來。

貝奧爾夫並未因此停手，不停揮劍，一面加快速度。雷烏斯也用大劍和祕銀製手甲防禦。

經過二十次的攻防，兩人在劍被用力彈開的同時終於停止動作。

「你很厲害嘛。除了大哥，我從來沒看過這麼快的劍法。」

「你才是。實力是貨真價實的，和那些無聊的人不同，真不錯。」

雙方認同彼此的實力，開心地笑著，其他選手以為這是大好機會，從背後突襲。

「不過，用這些武器沒辦法認真打。」

「同感。」

他們在回頭的瞬間揮劍，輕易擊倒偷襲的選手，重新面向彼此。

「所以等複賽再繼續吧。」

「是啊。那麼，請這些礙事的人退場吧。」

兩人意識到鬥武祭提供的劍不能讓他們使出全力。

之後他們互不干涉，轉而跑去打倒——不對，蹂躪剩下的選手。

雷烏斯跟剛才一樣，每次揮劍都會令選手飛出去失去意識，或是摔到界外。貝奧爾夫則是一攻擊就能擊暈對手，或者砍斷武器，把對手逼到無法繼續戰鬥。

若雷烏斯是以力服人，貝奧爾夫就是以技服人。

看見兩人超高水準的戰鬥，觀眾的歡呼聲越來越大。

其他選手全數失去資格時，銅鑼聲再度響起，比賽結束。

『晉級複賽的是……雷烏斯選手及貝奧爾夫選手。』

工作人員使用能擴大聲音傳遞範圍的風魔法「風響」，宣布晉級複賽的名單。

順帶一提，複賽好像會全程實況，預賽則只有最低限度。

雷烏斯揮動雙手回應觀眾的掌聲，貝奧爾夫則隨便揮手，兩眼直盯著雷烏斯，露出發現獵物的笑容。

「我晉級啦！大哥——！」

不過……雷烏斯完全沒發現貝奧爾夫在看他，開心地不停對我揮手。

至少再對人家感興趣一點吧──我在心中嘆氣，揮手回應雷烏斯。

我立刻回到等候室，剛好在叫剩下的選手出場。

確認號碼被叫到後，我跟其他選手一起走向擂臺。

『接著是今天最後一場預賽。請選手們站到擂臺上。』

每位選手一開始站的位置都有大概決定好。這也會視人數而改變，這次是讓大家在擂臺邊緣排成圓圈。

我的位置碰巧在艾米莉亞她們前面，背後傳來她們的加油聲。

「天狼星少爺──！」

「加、加油！」

「讓我看看你的英姿！」

我揮手回應她們的聲援，發現站在兩側的選手對我釋放殺氣。我看他們八成會盯上我。

正當我苦笑著心想「被夾擊很麻煩的」，宣布比賽開始的銅鑼響起。

不出所料，左右兩邊的選手瞬間對我發動攻擊，我單手抓住他們的慣用手，利用合氣道的技巧將他們扔向後方。

「「咦？」」

兩人露出錯愕的表情，在空中劃出一道拋物線，掉在擂臺外失去資格。

「是那傢伙對吧？」

「快點解決掉他。」

然後跟雷烏斯的時候一樣，有三名選手無視其他人，直線衝向我。推測是組隊攻擊雷烏斯的那群人的同夥。

「得手了——」

「動作這麼大怎麼行？」

我在離我最近的人揮下武器前，壓低姿勢跨出一大步，殺到對方身前。

那人被我嚇了一跳，硬是拿武器砍過來，我馬上踢中他做為重心的那隻腳，導致他來不及煞車，撲向空中。

我立刻調整好姿勢，當場轉身對在空中毫無防備的選手使出迴旋踢，把他踢到界外。

剩下兩人在我收腿的同時逼近到我面前，我轉頭的時候，其中一人正好要拿劍砍我。

然而，這點小事不足以嚇到我。我冷靜地側身閃過劍刃，同時抓住他的手臂，用力往後面扯。

對方來不及對意料外的力量做出反應，無法站穩，摔到擂臺外。

「這、這傢伙！」

「你們太注意對手了。」

這人動作雖然比上一個敏捷，卻過度專注在攻擊上，漏洞百出。因此我瞄準他拿武器的那隻手踢，男人的劍便滑出來掉到後方。

我趁男人的視線反射性飄向劍的時候，繞到後面勒住他的脖子。

「好了，問你一個問題。為什麼盯上我？怎麼想都不是巧合吧？」

「囉嗦！給我放開——呃!?」

「不回答只會更痛苦喔？不想受苦就快說。」

「唔……店長叫我們……對住在風岬亭的你們幾個下手。用一枚銅幣……」

「哪家店？快說。」

「……嗚呃!?榮、榮光之……道。」

「辛苦了。好好睡吧。」

招供得真快，因為酬勞只有一枚銅幣嗎？

我看他們八成只有口頭約定，頂多叫這些人在預賽看到我和雷烏斯的話優先下手。

順帶一提，這人說的榮光之道，是把房客從我們住的風岬亭搶走的旅館。包括搶客人在內，這無疑是騷擾行為，不過抱怨也沒用，我手上沒有確切的證據，他們可能會找藉口唬弄過去。

本想置之不理，可惜在干涉我們的瞬間，榮光之道就成了敵人。之後再好好回敬他們吧。

決定方針後，這傢伙也沒用了。我用力勒昏他丟到擂臺外，免得擋路。

確認他掉到界外後，我回頭看見一名與那群人無關的選手朝我攻來。

即使我表面看來毫無防備，怎麼能那麼猛地衝向在擂臺邊緣的選手呢。

「吃我一記──啊啊!?」

我用手中的劍抵禦攻擊，踢腿絆倒他，這人就和剛才那位選手一樣在空中劃出拋物線，摔出擂臺。背後傳來空氣洩出來般的呻吟聲，大概是掉到那個人身上了，可惜不關我事。

之後又有幾個人襲向我，我將他們的攻擊逐一化解，招待他們到擂臺外，站在場上的就只剩下包含我在內的四個人。

我看著在擂臺中央用劍激戰的兩位選手，發現剩下那名選手伸手對著我。

「既然你不肯移動，我就逼你非離開那裡不可！」

看來他打算用魔法從遠距離攻擊，而不是跟我打近身戰。八成是看到我把選手都扔到擂臺外了。

他用的魔法是初級魔法「火焰」，我彈指用「衝擊」立刻將其擊落。

「……咦？」

「別因為攻擊被擋下就鬆懈啊。」

他全身上下都是破綻，於是我又射出一發「衝擊」，直接命中臉部把他打昏。

這樣就只剩下還在打的那兩個人，他們好像沒有要攻擊我的意思，看來我只要在這邊等比賽結束即可。

其中一人是拿大劍的壯漢，另一人則是用布蓋住全部的頭髮、戴著面具的青年。儘管看不見臉，看動作就知道他是男性。

「……技術真好。」

壯漢一直奮力揮舞大劍，青年則用長劍抵擋，我看著看著便對青年起了興趣。

說實話，青年應該比雷烏斯還弱。

不過，抵擋攻擊的技術只能以精湛形容。力量明明完全居於下風，技術卻好到能彌補這段差距，我在這之中感覺到了可能性。

雖說誰輸誰贏我都能晉級複賽……他在這裡退場的話實在可惜。

「唔!?」

「你挺會撐的嘛，不過這樣就結束了！」

不幸的是，青年被其他選手掉在地上的武器絆到腳，差點摔倒。他勉強站穩身子，壯漢卻沒放過這個機會，高高舉起大劍，想給他最後一擊。

只要立刻調整好姿勢就能防守，可是青年太過慌張，劍滑了開來，沒能成功抵禦攻擊。儘管有點不夠成熟，直到最後都不放棄的氣魄並不壞。

力量差距懸殊，就在每個人都覺得青年肯定會輸時……

「是本大爺贏了——唔⁉」

「⁉看招！」

壯漢突然被從旁而來的衝擊撞得失去平衡，大劍只有輕輕擦過青年的肩膀。青年的劍反而精準命中對手，側臉被劍身打中的壯漢失去意識，癱倒在地。

『晉級複賽的是……天狼星選手及柯恩選手。』

觀眾的歡呼聲與象徵比賽結束的銅鑼聲、廣播聲傳來，我輕輕吁出一口氣。雖然歡呼聲沒雷烏斯那場熱烈，觀眾似乎看得還算盡興。

我看著倒地的選手被抬去治療，跟我一樣贏到最後的青年走了過來。

比賽都結束了，他依然沒拿下面具，可見那並非防具，而是用來隱瞞身分的。總覺得有點可疑，但他一站到我面前就對我鞠躬，動作非常優雅。

「是天狼星先生……沒錯吧？恭喜你晉級複賽。還有，謝謝你。」

「嗯，也恭喜你。可是為何要跟我道謝？」

「要不是因為你剛才出手相助，輸掉的會是我。」

他發現了嗎？

那個時候……我偷偷對壯漢使用了「衝擊」。

我將威力壓低到極限，所以魔力反應也很微弱，若不是近在眼前，根本不會發現。他似乎比想像中還敏銳。

「你怎麼知道是我？」

「我不認為對方在那個狀況下會失手，重點是他的動作很不自然。如果有人動手腳，只可能是在附近的你。」

「……我是不是太雞婆了？某種意義上來說，我等於妨礙了你們戰鬥。」

「不會的，這場比賽又不是一對一對決，請你不要介意。」

據他所說，那名壯漢還有同伴，剛開始他是獨自對付那兩個人。

他好不容易打倒其中一人，卻因為疲勞的關係，光抵擋攻擊就竭盡全力。

「託你的福，這樣我就能跟更強的人交手了。而且……其實我旅費剩沒多少，反而要感謝你的幫助。」

只要晉級複賽就能拿到一些獎金。順帶一提，預賽輸掉的話什麼都拿不到，但工作人員至少會幫忙治療傷口。

如此精湛的劍術再加上遮住臉的面具，這名青年好像來頭不小……不過剛見面就問人家身分，未免太沒禮貌。

「我也是心血來潮才出手，你不介意就太好了。明天的複賽我們都加油吧。」

「好的。那麼再見。」

青年又用漂亮的姿勢對我一鞠躬，帶著清爽笑容走下擂臺。

雖然很好奇他的真實身分，夥伴們都在等我，我也回去吧。

就這樣，我們順利通過預賽，聽鬥武祭的工作人員解釋完複賽規則，大家便當場解散。

明天起大致上的流程，是通過預賽的十六名選手在指定時間於鬥技場集合，決定對戰組合後才開始比賽。

總覺得趁今天決定比較好，然而以前有人在比賽開始前先偷襲對手，規則就變成當天才決定。

我感覺到被淘汰的選手對我投來鼓勵與嫉妒的目光，和雷烏斯一起離開鬥技場，在外面等候的女性組前來迎接我們。

「恭喜您，天狼星少爺。雷烏斯的表現也很精采。」

「人那麼多，我本來有點擔心，幸好你們沒受傷。」

「嘿嘿，那當然。不管對手是誰，大哥和我都沒問題啦！」

「嗯。人數雖然多，只要別大意總有辦法應付。」

「對呀。你們的動作跟其他人比起來，明顯不是同一個等級。我看可以期待優勝囉。」

我們一面回顧今天的比賽，走回旅館，抱著我手臂的菲亞問：

「欸，你為什麼一直待在擂臺邊，而且也不怎麼用魔法？」

「我那組沒幾個特別強的選手，所以我設了些戰鬥上的限制，順便當成訓練。」

待在擂臺邊緣確實容易掉到外面，不過也有個優點——不必擔心來自背後的攻擊。即所謂的背水陣。

因為混戰時最需要留意的，就是被敵人包圍。

除了待在邊緣外，也可以不停四處移動，但這個方法會消耗大量體力，因此我選擇盡量保存體力，以迎接明天的複賽。

菲亞聽完我的解釋就懂了，艾米莉亞卻還有疑問。

「不過天狼星少爺，今天您是不是特別低調？就算不強，那些畢竟全是敵人，考慮到自身安全，我還以為您會以魔法應戰。」

「對啊。大哥是決定要做就不會手下留情的人，我想說你肯定會用魔法直接把大家轟飛。」

是指我在艾琉席恩跟校長的對決吧。

那個時候，我想跟校長認真較量，盡情大鬧了一場，今天的表現在弟子們眼中大概滿低調的。

「總而言之，我不太想讓人知道我的實力，雖然通過預賽就夠引人注目了。」

「你的目標是冠軍，大可使出全力吧？」

「難道是為了讓對手大意？」

「這是其中一個原因。複賽不是會開賭盤嗎？」

預賽沒有，不過複賽就會有官方開的賭盤。

看起來很強的選手與看起來很弱的選手對上的話，要賭哪一邊……就是像這樣。

但我這招其實快要算作弊了，因此弟子們露出微妙的表情。

「比賽時會發生什麼事沒人預料得到，冠軍也有可能不是我，我想先靠賭盤賺一點。而且……雖然現在錢還很足夠，若要照現在這個步調繼續旅行，錢包也會越來越輕。這樣做點心的次數說不定——」

「「明天我會把身上的錢統統賭下去！」」

以前好像也有過類似的對話，總之看來弟子們都理解了。

我自己也覺得這樣很奸詐，可是我負責管理整個隊伍的財務。我又不是聖人君子，現在又多了個菲亞，能賺的時候當然要多賺一點。

「我當然也會賭天狼星。贏的話我買東西送大家。」

「真的嗎菲亞姊？那我想吃肉！」

「這種時候就該恭敬不如從命。肉是不錯，但也得補充蔬菜……真猶豫。」
「要吃什麼呢？之後去問卡琪亞哪家店可以吃到很多美味的東西好了。」
他們都沒在客氣，看來大家感情變得挺好的。
僅僅數日，菲亞就獲得姊姊般的地位，真可靠。
「你們怎麼都要吃的，也可以選其他東西喔？例如飾品之類的，雖然太貴的我買不起。」
「我比較想要食物。」
「我也是。」
「飾品有天狼星少爺給的我就很滿足了。」
「天狼星……」
「呃……誠實很好啊？」
物欲低的弟子們，令菲亞露出五味雜陳的表情。
她帶著「是沒有不好啦，但這樣有點寂寞……」的視線，我點頭附和。
當天深夜，我喬裝過後才來到街上，這樣才不會被人注意到。
我隱藏氣息移動，以避免被拉客的娼婦等做「那種工作」的人發現，來到某家旅館。

「榮光之道」……在鬥武祭預賽對我跟雷烏斯出手的那群人說的旅館。

房子比風岬亭更大更豪華，住宿費卻很公道，最近頗受歡迎，可是我詳細調查過後，發現這裡有不少負面傳聞。

雖然他們掩飾得不錯，這家旅館似乎在私下從事各種違法行為。

騷擾風岬亭也是其中之一，好像是想把那裡的經營權搶過來當分店。八成是被想賺錢又想擴張規模的欲望沖昏頭了。

手段是很卑鄙……不過這也屬於商場上的競爭。

跟我之前對弟子們說的一樣，我一個冒險者其實沒打算介入，可惜……

「……如果你們只有動嘴巴，我也不會出手。」

儘管沒有造成我們的損失，在預賽受到干擾著實令人不快。

我喃喃自語，在沒有任何人發現的情況下完成任務，回到風岬亭。

隔天吃完早餐，大家一起走到鬥技場的途中，看見城裡的警備隊衝進某家旅館。

「那邊怎麼了？好多人……」

「喔，快看。有人被抓了。」

「他穿的衣服好高級，是那家旅館的店長嗎？」

「我剛才聽賽西兒小姐說，領主收到某家旅館犯法及侵占的證據，事情鬧得很大。想必就是那家旅館。」

「意思是他們做壞事？那就活該啦，對不對大哥？」

「嗯，搞不清楚分寸就會落得那種下場。」

這一天，加拉夫的旅館倒掉一家。

我們無視這件芝麻小事，前往鬥技場。

《鬥武祭・複賽》

鬥武祭揭開序幕的第二天早上。

包括我和雷烏斯，晉級複賽的十六人排在擂臺上。

之後要抽出淘汰賽的組合，在此之前要先聽管理鬥武祭流程的人重新說明規則。

對手認輸或掉到擂臺外就算勝利，蓄意殺人會判輸——這部分跟預賽一樣。

最大差別是可以用自己平常用的武器。

在混戰中無法留到最後的人，以及只懂得靠武器的人已經篩掉，在場的選手無疑都是強者。

在這之中……雷烏斯特別顯眼。

除了在預賽的表現外，主要原因是雷烏斯的武器是巨大的大劍。

「欸，那是在模仿剛劍嗎？」

「比他昨天用的劍大好幾倍耶？他真的揮得動？」

「再怎麼崇拜剛劍……也不用做到這個地步吧。」

過於巨大的劍讓觀眾看得紛紛驚呼，雷烏斯卻默默做著暖身操，等待開始抽籤。沒有太緊張，自然而然維持平常心的雷烏斯，令我有點佩服。站在不遠處的傑基爾笑著走到我旁邊。

「嗨，狀況如何？」

「還不錯。至於你——我看用不著問了。」

「那還用說？有這麼多看起來實力堅強的人，不熱血沸騰才奇怪。」

抱著胳膊張嘴大笑的模樣，與萊奧爾如出一轍。雖然傑基爾應該是在模仿萊奧爾的期間自然受到感化的。

順帶一提，傑基爾也背著和身高一樣長的大劍，不過比雷烏斯的小了點。從那把劍上感覺到魔力，搞不好有什麼特殊效果。

「是說……除了萊奧爾先生，我從來沒看過有人用那麼大的劍。」

「別擔心，我揮得動。」

「我沒在擔心。現在沒發現你實力的傢伙，代表只有那種程度。」

我觀察其他選手，一半跟觀眾一樣傻眼，剩下的則神情嚴肅地看著雷烏斯。

「……注意到的差不多一半吧。萬一我們對上，到時請多指教啦。」

「嗯，請多指教。」

傑基爾露出有點太熱情的笑容，走去找貝奧爾夫說話。貝奧爾夫態度依然冷淡，卻不停對雷烏斯投以炙熱的目光。雷烏斯似乎被盯上了。

比賽規則終於說明完畢，準備就緒的工作人員站到我們面前，傳遍整棟鬥技場的聲音響起。

『那麼，開始進行鬥武祭的抽選。』

和事前聽說的一樣，複賽會全程實況。

一名女性用刻著「風響」魔法陣的魔導具實況，看起來是這方面的老手，類似我上輩子的播報員。

她的聲音很好聽，難怪被選為播報員，再加上長相也不錯，在加拉夫似乎相當受歡迎。

在美麗聲音的實況中，淘汰賽開始抽籤。

『首先是在第一輪預賽晉級的多拉姆選手……』

順序是讓選手抽出木箱裡的盤子，由上面的號碼決定。一號及二號就是第一場，是常見又基本的抽籤方式。

『接著是在第三輪預賽晉級的阿克里選手。』

目前都是不認識的選手，看起來挺強的，不愧是晉級複賽的人。

然而……大部分都是我沒興趣的人。我關注的參賽者包含雷烏斯在內，大概有四個。

抽選順利進行，輪到傑基爾。

他笑嘻嘻地抽出牌子，寫著十五號。

然後是劍聖之子貝奧爾夫，二號。

所有人抽完就馬上開始比賽，但比起一號選手，貝奧爾夫看起來更在意雷烏斯的號碼。

雷烏斯完全沒發現他熱情的視線……抽到十二號。

也就是說，不進到決賽就對不上雷烏斯，貝奧爾夫生氣地嘖了一聲。

其他我關注的選手，就是和我一起晉級的柯恩。

他還是用面具遮著臉，抽到十號。跟已經抽完籤的九號選手比起來，柯恩感覺比較強。

第一場他應該會贏，可惜接下來的對手是雷烏斯，只能說節哀順變。

『最後的天狼星選手是剩下的七號。對戰組合已經決定，除了參加第一場比賽的選手，請各位移動到擂臺外。』

貝奧爾夫和一號選手之外的人聽從播報員的指示離開擂臺，走向設置在不遠處的觀戰席。也有人說想一個人集中注意力，回到等候室，大概是對比賽沒興趣。

我跟雷烏斯當然要觀戰，因此我們坐到觀戰席。都快比賽了，貝奧爾夫仍舊盯著雷烏斯。

「……那傢伙幹麼一直看我？」

「你發現了就給點反應吧。他很想跟你交手。」

「果然是這樣嗎？可是我們的號碼……」

『比賽開始前，想先簡單介紹兩位選手。首先是阿克里選手──』

雷烏斯對他投以憐憫的眼神，播報員的聲音在同時傳出，公布抽籤前請選手填寫的個人情報。

由於要寫什麼是選手的自由，不用勉強也沒關係，但工作人員拜託我們「為了炒熱氣氛，請盡量提供情報」。

我只寫了一些普通的資料，現在在念的一號選手──阿克里好像寫得挺詳細的，播報員念出他擅長的武器，以及與強大魔物戰鬥的經歷。

他的經歷讓觀眾興奮不已，我卻有點傻眼。會不會提供太多情報給對手了？

『接著是貝奧爾夫選手……不得了！他似乎是那位鼎鼎有名的劍聖的兒子！』

聽見劍聖兩個字，觀眾的歡呼聲更大了。

貝奧爾夫乾脆地表明身分。他渴望與強者對決，不介意名字被拿來當賣點。

『除此之外，貝奧爾夫選手什麼都沒寫，不過真令人期待！那麼第一場比賽……開始！』

銅鑼聲隨著不知為何異常興奮的播報員的號令響起，為比賽揭開序幕。

聽說劍聖和萊奧爾不同，用的是重視銳利度的長劍。

然而貝奧爾夫的武器是比一般長劍稍短的短劍，雙手各拿一把的二刀流。

「那傢伙拿兩把劍啊？真稀奇。」

能同時使用兩把劍或許比較強，前提是要能將雙手的武器操控自如。

否則注意力會太集中在慣用手，忽略另一手，結果攻擊次數不僅沒提升，每一擊的攻擊力也不夠。

「這麼說來，你以前也試過二刀流對吧？說什麼『一把就這麼強的話，兩把會變得更強』。」

接受萊奧爾的魔鬼訓練時，雷烏斯很不甘心怎麼樣都贏不了，拿兩把木劍找他單挑過。

下場……自不用說。

「唔……大哥，別提那件事了啦。那傢伙好像跟我不同，用得挺順的。」

「是啊，厲害的二刀流。」

貝奧爾夫在比賽開始的瞬間衝出去，筆直刺出左手的劍，右手的劍則砍向對手。

另一方面，他的對手阿克里的武器是斧槍，以斧頭的部分擋住左手的劍，再用槍柄部分彈開右手的劍。

自在揮舞雙劍的貝奧爾夫，以及拿斧槍擋住雙劍的阿克里，乍看之下勢均力敵……貝奧爾夫的技術卻遠比他好。

雙方經過二十次以上的交鋒時，貝奧爾夫嘆著氣切換劍路。

「……我已經明白你的實力。可以結束了。」

他加快速度，左手的劍輕輕砍向阿克里的手，右手的劍則由下往上朝斧槍敲下去。

被砍中的手握力減弱了一瞬間，再趁這時候攻擊武器，導致阿克里的斧槍從手中滑出來，飛向上空。

貝奧爾夫沒有放過這個機會，拿劍指著阿克里的喉嚨。

「……要投降嗎？」

「唔！知道了，我認輸！」

觀眾在斧槍掉到界外的同時意識到比賽結束，興奮得大聲歡呼。

『太……太快了！雖然防守攻擊的阿克里選手也很厲害，劍聖的兒子就是不一樣！我最喜歡厲害的人了！比賽結束要不要一起吃頓飯？呀——！』

激動得露出本性的播報員害我目瞪口呆，坐在附近的傑基爾用大拇指指著貝奧爾夫，面向我們。

「那傢伙也很厲害吧?」

「好厲害喔,大哥。」

「嗯,很厲害。」

什麼東西厲害……那個播報員的變化之大很厲害。

她大概屬於那種興奮起來會性情大變的類型。長得漂亮再加上這種反差,說不定就是受歡迎的原因。

……玩笑話到此為止,貝奧爾夫的實力確實不辱劍聖的兒子之名。雖然剛開始他沒有拿出真本事,能將兩把劍操控自如的技術只能以精湛形容。

我們和觀眾一樣為他鼓掌,結束比賽的貝奧爾夫來到我們面前。

「如何?見識到我的實力了嗎?」

「嗯,挺厲害的嘛。原來那就是你原本的力量。」

「那只是一點皮毛罷了。要打倒你的人是我,請你努力晉級到決賽吧。」

「我覺得不可能耶。」

「……你說什麼?」

雷烏斯意料外的回應,令貝奧爾夫微微皺眉,望向抽完籤後工作人員寫的對戰表,心領神會地點點頭。

「原來如此,你那組有傑基爾先生,要晉級決賽有困難。不過就算這樣,也不能講這種喪氣──」

「不是啦。我會打進決賽，可是你絕對不可能晉級。」

「我……不可能晉級？」

「因為你要先跟大哥打過喔？你怎麼可能贏得了他。」

「…………」

雷烏斯斬釘截鐵地說。貝奧爾夫好像不太高興，瞥了我的臉一眼後得意地笑出來。

「幹麼那種表情？我是認真的，不是開玩笑。」

「我只是注意到跟誰對上都沒差。我會打敗這個人，讓你那對他深信不疑的笑容從臉上消失。」

貝奧爾夫得出結論，坐到離我們有段距離的地方擦起雙劍。

不會因為只打完一場就懶得檢查武器的狀態，可見他會手下留情，卻絕不會大意。也許是個強敵。

「哈哈哈！意思是你很有自信能打倒我囉？有趣，辦得到就試試看啊。」

「這還用說？我和大哥要包下冠軍亞軍，怎麼能輸給你。」

「有氣勢。期待與你的對決！」

傑基爾露出真心的笑容，從我們面前離開，坐到貝奧爾夫旁邊鬧他。

儘管有那麼點煩，這人跟萊奧爾比起來真好相處。

等到第二、第三場比賽結束，輪到我上場了。

貝奧爾夫的比賽是第一場，因此可以直接開打，但之後的選手都得先回等候室一趟，讓工作人員檢查裝備。

這是為了檢查武器或防具上有沒有使用不合規矩的毒藥。我的裝備跟平常一樣，藏在各處的小刀及自己做的暗器都拿掉了，很快就通過審查。工作人員反而還問我：「裝備這麼輕便沒問題嗎？」

我從等候室走向擂臺，瞬間被響徹鬥技場的歡呼聲籠罩。

我聽見艾米莉亞她們在為我加油，便跟她們揮手打招呼，導致一些觀眾對我投以羨慕與嫉妒的目光。菲亞雖然戴著兜帽，旁邊還有艾米莉亞和莉絲兩個美人，觀眾會有這種反應也是無可奈何。

我先站到擂臺上，對手卻還沒來，或許是因為我的裝備檢查得比較快。

『天狼星選手進場了，先跟各位觀眾介紹他吧。根據資料上的記載，天狼星選手是旅人，碰巧在召開鬥武祭的時候來到加拉夫。年紀也跟外表看起來一樣年輕喲。這麼年輕就能晉級複賽，可以說是值得期待的新人。』

本來應該要按照順序，從我的對手開始介紹，不過預計今天要打到準決賽，播報員才會想辦法節省時間。

『天狼星選手預賽沒有使用武器，而是純靠體術晉級。參加鬥武祭的原因是為了戀人。真不錯，我喜歡。比較神祕的是，擅長使用的武器會視情況改變，是否能在這場比賽中看見他拿出武器呢？』

播報員別有深意的這句話，令觀眾們聽得面露疑惑，這時我的對手檢查完裝備出現了。

『裝備異常輕便也很令人在意，天狼星選手的介紹就到此為止。接著是哥德金選手。哥德金選手是用槍的好手，最拿手的似乎是精準無比的突刺。』

現身於擂臺上的是一名中年男子，拿著跟身高一樣長的槍，態度光明磊落，推測是歷練豐富、身經百戰的戰士。

哥德金都站到我面前了，播報員依然繼續介紹。據說他幾乎能在同一時間刺中三個標靶的正中央。

把自己的拿手絕活告訴別人沒問題嗎？不過看他絲毫沒有隱藏的意思，想必對自己的實力很有自信。不是想沉浸在優越感中，而是在暗示對手「若你破解得了我的招式，儘管試試看」，看來這人有著武者之心。

「……真年輕。剛才我聽見你擅長的武器會變，這是什麼意思？」

「字面上的意思。隨機應變就是我的戰鬥風格。」

「我不認為那把劍只是裝飾……也罷。實際交手過就會明白。」

「你說得對。」

『讓各位久等了。那麼天狼星選手對哥德金選手的第四戰……開始！』

預賽我採用守株待兔的策略，因此這次我打算主動進攻，哥德金卻比我更快發動攻擊，刺出長槍。

他在銅鑼聲響起的同時衝出去，瞬間拉近距離用槍刺我。

槍尖銳利、精準地瞄準我的胸口，然而……

「……喝！」

「唔!?」

速度不至於快到看不見，我有點大動作地側身閃開。

我伸手抓向長槍，哥德金立刻把槍收回去，所以我撲了個空。

『天狼星選手躲過高速的突刺了！可是哥德金選手的攻擊看來還沒結束！』

哥德金緊接著使出攻勢洶湧的連續突刺，我不斷迴避，刻意表現出分身乏術的模樣。其實我希望可以贏得看起來像靠運氣，但以哥德金的實力有點困難。

「……算你厲害！可是光顧著閃躲沒問題嗎？我還可以更快喔！」

「請自便！」

哥德金如他所說加快速度，只靠身體迴避實在有點吃力，於是我拔出長劍。

『面對哥德金選手的猛攻，天狼星選手似乎只能專注在防禦及迴避上！他一步步被逼到擂臺邊緣。』

在旁人眼中，怎麼看都是我被壓制住，但哥德金自己和有點實力的人照理說都會發現。

開始亂了手腳的，是哥德金。

「唔……為什麼!?」

「攻擊太精確未必是好事。」

沒錯，他的攻速快到長槍看起來有無數道殘影，卻連我的衣服都沒擦到，更別說命中身體。

哥德金的攻擊確實又快又銳利，不過正因為路線精準無比，看清方向即可輕易避開。

我藉由他的視線及手腕的動作預測攻擊路線，可以說是相信他的技術才做得到這種事。

簡單地說，他不會用假動作。

或許是因為他一直以來都靠這身精湛的槍技取勝，用不著攻其不備。講難聽點就是，跟我這樣重視迴避的對手戰鬥的經驗不足。

退到擂臺邊緣時，我已經習慣槍的速度，差不多可以了。

我看準時機，在他使出大動作的突刺時採取行動。

「這樣就——什麼!?」

我側身閃過這一槍，這次順利抓住槍身，使勁往後面拉。

受到意想不到的拉扯，哥德金差點倒向前方。他好不容易站穩，只踏出一步……但光這一步就夠了。

我趁機在轉身時順勢於空中使出迴旋踢。

『喔喔!?天狼星選手的行動導致哥德金選手失去平衡。這一腳會踢中嗎！』

足以把他踢到擂臺外的迴旋踢……被躲開了。

哥德金迅速放鬆身體倒向前方，在千鈞一髮之際躲過。

『躲開了！哥德金選手做出正確的判斷——喔喔!?』

可惜我的攻擊尚未結束。

因為我在空中又轉了一圈，用另一隻腳踢他。

「噗呃!?」

哥德金沒閃過第二擊，直接被我踢中，飛到擂臺外，在地上滾了好幾圈才停下來。

我一面心想「有點太用力了」，一面故意用狼狽的姿勢降落在擂臺上。其他人應該會覺得是我狗急跳牆踢出的那一腳碰巧踢中了。

『哥、哥德金選手出界！獲勝的是天狼星選手！』

現場在宣布比賽結果的同時爆出歡呼聲。

總而言之，打了場適度的苦戰，比賽又贏得像碰巧一樣，結果還不錯。

我滿意地從擂臺走向選手專用的觀戰席，雷烏斯驕傲地笑著迎接我。

「讚啦，大哥！恭喜你贏了，雖然整場比賽看起來有點奇怪。」

「謝謝。既然你只覺得有點奇怪，大部分的人應該都被騙過去了吧。」

在我前面比賽的是我半準決賽的對手，我表現得沒有比他強，看來下一局賭盤也值得期待。

我露出有點奸詐的笑容，傑基爾和貝奧爾夫走了過來。

「恭喜。我是從來沒想過你會輸啦，但只要你有那個意思，應該能贏得更輕鬆吧？」

「請你自由想像囉。」

「好吧。我以前也幹過類似的事，只要你跟我打時使出全力，我不會有任何意見。」

「等一下！我剛才不是說過你沒機會跟大哥對上嗎？」

「對喔，哈哈哈！」

大概是多虧豐富的冒險者經驗吧，傑基爾好像察覺到了我的意圖，不過他也明白冒險者的難處，貼心地裝作沒發現。

然而，當然也有人無法接受。

「……你瞧不起人嗎？」

是貝奧爾夫。

他一臉不悅地瞪著我，傑基爾從旁介入，好讓他冷靜下來。

「等等，你也是冒險者，應該知道錢有多難賺吧？而且你剛才不也手下留情了？」

「是沒錯，可是至少要在打倒對手時，讓對方見識兩者間的差距。你故意裝成僥倖獲勝的模樣，我看了很不爽。」

傑基爾拍拍他的肩膀安撫他，卻澆不熄貝奧爾夫的怒火。

「請不要做這種會害對手顯得很不堪的事！」

他反應實在太大，導致我們啞口無言。

我不認為他說的有錯，但每個人想法都不一樣，硬要我接受他的觀念，我很困擾。

「我死都不想輸給你！明天的準決賽，我會摸透你的底細。」

貝奧爾夫內心似乎也潛藏著黑暗面，是因為有個偉大的父親對他造成的壓力太過沉重了嗎？

在我們起糾紛的時候，下一場比賽揭開序幕，於是我將視線從貝奧爾夫身上移到擂臺。畢竟接下來是我很關心的柯恩的比賽。

在預賽使用長劍的柯恩，原本的武器是單手雙手都能用的手半劍。

柯恩的對手則是拿著巨大雙手斧的男人。如外表所見，感覺擅長靠力量戰鬥，但我認為這人的實力不及我對上的哥德金。

『這位用面具遮住臉的柯恩選手，資料上沒有提到太多個人情報。只知道他是為了變強而四處旅行的冒險者。』

昨天柯恩也說過他想跟強者交手。看來是個渴望變強的人，這股欲望甚至不輸給雷烏斯和貝奧爾夫。

介紹完兩位選手後，比賽開始，是一場正面交鋒的激戰。

柯恩的技術依然精湛，用劍巧妙地擋掉利用斧頭重量使出的攻擊。再加上現在用的是自己信任的武器，他比預賽時更積極進攻，慢慢逼退對手。

除了劍術外，柯恩相當擅長預測對手的動作，泰然自若地置身於命懸一線的攻防戰中。

然而被對手突擊時，他會有點迷惘，推測缺點是經驗不足。只能多經歷幾場戰鬥，鍛鍊自我了。

「喔喔，好厲害。那連我都不太辦得到。」

「有很多值得學習的地方，你要仔細看喔。」

「嗯！而且我之後的對手八成是那傢伙。看我突破他的防禦，讓他露出真面目！」

「別這樣。」

得叮嚀雷烏斯不要故意弄掉人家的面具。他的身分固然令人好奇，可是柯恩感覺並非壞人。

比賽完全是柯恩占上風，即將分出勝負時，鬥武祭的工作人員走過來叫雷烏斯。

「雷烏斯選手，請您在等候室準備下一場比賽。」

「糟糕！那我走了，大哥！」

「嗯，加油。」

選手照理說要在前一場比賽開始時就到等候室等候，雷烏斯卻看柯恩的比賽看得忘記這回事。

他急忙站起來，衝向等候室。

『第五場比賽的勝者是……柯恩選手！』

柯恩穩紮穩打地贏得勝利，由於花了不少時間，他看起來相當疲憊。本以為他會先回等候室休息一下，不知為何柯恩卻在中途折返，走了過來。

他因為戴著面具，引來其他選手的注目，坐到我旁邊。

不曉得他在想什麼，但他既然選擇坐到我旁邊，還是打個招呼吧。

「恭喜，你的劍術真厲害。」

「謝謝，不過遠遠比不上你。」

聽他的語氣，柯恩是真心這麼認為，而非奉承。他好像有注意到我沒拿出真本事。

「是說你來這邊沒問題嗎？雖然沒有明顯的外傷，還是去等候室治療一下比較好吧？」

「這點傷在這裡就能治療，而且我很好奇下一戰會對上的雷烏斯。」

柯恩受的都是小傷，或許確實該以收集對手的情報為重。

在我跟當場開始處理傷口的柯恩閒聊時，雷烏斯隨著歡呼聲登上擂臺。由於他在預賽的表現很亮眼，歡呼聲也特別大，雷烏斯卻心平氣和地站在擂臺上等比賽開始。

對手是拿著名為「塔盾」的大盾及斧槍的壯漢，看起來很耐打。

根據播報員的介紹，他在隊伍裡是負責擋在前線保護同伴的。本來裝備的是足以保護全身的鎧甲，在工作人員的審查下換成只擋住要害的鎧甲。

『接著是雷烏斯選手，各位也看到了，他背著一把壯觀的大劍，讓人想到那位剛劍。這也是當然的，因為雷烏斯選手竟然讓剛劍指導過劍術！』

一提到剛劍，歡呼聲瞬間變得更大聲。光提到剛劍之名就這麼厲害啊。

『可是資料上寫著「大哥才是我的師父」，不曉得這位大哥是誰。上面還寫著「不管對手是誰，我都會接受挑戰」，實在很乾脆。看來值得期待喔。那麼……比賽開始！』

播報員激動到我不禁為她擔心。比賽開始，雷烏斯在銅鑼聲響起的瞬間衝向前。

他高舉著大劍，以第一步就能踩碎地面的速度逼近，因此對手反射性舉起盾牌防禦，可惜……

「喝啊啊啊啊──！」

雷烏斯使出剛破一刀流的基礎技──剛天，用力揮下大劍，厚重的鐵盾在凹陷的同時產生衝擊波，將對手震到擂臺外。

驚人的力量令觀眾看得目瞪口呆，但他已經有手下留情了。假如雷烏斯使出全力，別說盾牌，連人都會被一分為二。

確認對手出界後，雷烏斯輕輕吐出一口氣，將大劍背回背上，對我豎起大拇指。

『勝、勝者……雷烏斯選手！一擊致勝！雷烏斯選手直接攻破那面盾牌的防禦！他跟之前那些假貨不同，實力是千真萬確的！可以說是剛劍再現。跟我約會吧！』

他毫不在意興奮到最高點的觀眾，以及變得有點奇怪的播報員，對艾米莉亞她們揮揮手，走回來找我。

順帶一提，柯恩在比賽結束的同時去等候室了。看來是意識到跟雷烏斯交手，需要維持萬全的狀態。

看見雷烏斯那麼厲害，還沒有表現出絲毫想放棄的意思，挺有氣魄的。

「辛苦了，雷烏斯。漂亮的一擊，力道控制得很完美。」

「嗯，我要照這樣一直贏下去！」

坐在附近的其他選手紛紛望向雷烏斯，貝奧爾夫和傑基爾的神情特別嚴肅。

「那一劍不可能擋得下來吧。」

「單論力量搞不好比我還強。我可不能輸啊……」

貝奧爾夫自不用說，傑基爾也明白該認真起來了。

比賽繼續下去，輪到焦點之一傑基爾上場，他刻意用跟雷烏斯一樣的方式取勝。八成是想讓觀眾知道自己也有那個能耐。這讓觀眾更加興奮，期待八成會在準決賽碰頭的兩人的對決。

該炒熱氣氛的時候就會炒熱氣氛，從這點來看，傑基爾或許還具備表演者的才能。

第一輪的比賽到此結束，在進入第二輪前設有短暫的休息時間，因此我們決定先到觀眾席跟女性組打招呼。

「大哥，姊姊她們的座位是走這條路嗎？」

「嗯，畢竟是貴族專用區嘛。」

她們坐的是齊格幫忙安排的貴族區，跟只有一張椅子的一般觀眾席不同，是個類似包廂的地方。

外面還附有可以上鎖的門，我跟雷烏斯敲門進到裡面，事先注意到我們要來的艾米莉亞及北斗一同搖尾迎接我們。

「天狼星少爺，您辛苦了。」

「嗷！」

「這邊看來沒發生什麼問題。」

「嗯。有北斗幫忙戒備，我們看比賽看得很開心。」

看大家的狀況，觀戰期間並沒有發生意外，但我發現莉絲有點緊張地拿著一個皮革袋子。

仔細一看，艾米莉亞跟菲亞手上也有同樣的東西，不知為何，北斗也叼著袋子。

「那個該不會是？」

「嗯、嗯！是賭天狼星前輩勝利贏來的錢。」

「呵呵，我把身上的錢都賭下去，賺了一堆回來。」

鬥武祭的賭盤是一輪開一次。

因此安排休息時間的主要理由，比起讓選手休息，更重要的似乎是讓人領取賭金和賭第二輪賭盤。

我們這個隊伍的資金全部由我管理，每個月會給弟子們一枚銀幣當零用錢。姊弟倆是我的隨從，所以有點類似薪水，莉絲倒有點不一樣。

以隨從的薪水而言，這筆錢並不多，可是旅費及生活所需的費用都由我出，在這個世界的平民眼中，可以自由使用一枚銀幣應該算挺奢侈的。

而且弟子們還在旅行，不太會買非必需品，頂多在城裡買東西吃。這些存起來的錢都賭在我身上，幫助他們短短幾小時就賺了筆大錢。

賺到的錢由少到多大致上的順序是莉絲、菲亞、艾米莉亞。莉絲最少的原因是花掉的錢太多……也就是買東西吃的次數。即使如此，贏來的賭金還是高達數枚金幣，第一次拿到這麼多錢，莉絲緊張地將袋子塞給我。

「我用不到這麼多，給天狼星前輩。」

「那麼，也請收下我的份。」

「等等，這是妳們的錢吧？」

雖然我昨天說總有一天錢包會越來越輕，其實還滿足夠的。

我告訴大家我沒道理收下，艾米莉亞與莉絲卻堅持不讓步。

「能待在天狼星少爺身邊就很幸福，所以我只需要最低限度的錢。」

「拿這麼多錢好可怕，對我們來說有點太多了啦。」

「但妳們又不是不會管理金錢的小孩。」

「說不定那顆魔石漲價了，只靠獎金買不起喔？為了以防萬一，請您收下這些錢。」

「那我的份也給你。我自己留了一枚金幣，剩下的拿去用在大家身上吧。」

「也收下我的吧。我想應該裝在姊姊的袋子裡。」

艾米莉亞的袋子特別大，原來是因為包含雷烏斯的份嗎？

他們都說到這個地步了，總不能還回去，結果每個人只留了一枚金幣，剩下的錢統統交到我手上。

唉……我的徒弟對金錢真的毫無欲望。

不過有這麼多錢，除去鬥武祭的獎金或許都買得下魔石。得感謝大家。

我之後還要上場，因此這些錢暫時讓艾米莉亞保管。

不曉得是不是她很高興我這麼信賴她，艾米莉亞身為隨從的使命感燃燒起來，拿著裝滿所有錢的袋子朝包廂外走去。

「那麼，我再去用這些錢賭您獲勝。」

「等一下，別再賭了。會惹上不必要的麻煩。」

只要我們想，應該還能再多賺一些，不過再繼續賺下去，很可能因為這筆大錢引來小混混，或是覺得我們擾亂賭盤的大人物。

艾米莉亞明白我的用意乖乖回來，我摸了下她的頭，北斗也過來把叼著的袋子放到我手上。

我納悶地打開袋子一看，裡頭有數枚銀幣。

「難道……你也去賭了嗎!?」

「嗷！」

「北斗先生好像是用掉在地上的銅幣賭的。所以牠希望您自由使用這些錢，不要客氣。」

「呃，我在意的不是錢……」

說起來，不會講話的從魔要怎麼下注？

我一頭霧水，艾米莉亞為我說明這是因為賭場的服務人員裡有狼族獸人。

「那人剛開始還不知道該怎麼辦，不過馬上就被北斗先生的威嚴懾服，幫忙辦好手續。」

「之後得去跟人家道歉——算了，好像也沒關係。」

就算北斗是從魔，牠也有按照規矩下注，重點是對狼族獸人而言，北斗是神之使者，那名服務人員想必也很樂意為牠服務。

是說真沒想到北斗也會給我錢。包含弟子們在內，總覺得他們很像在盡孝道，胸口自然流過一股暖流。

北斗搖著尾巴把頭湊過來，彷彿在叫我誇獎牠，我便懷著感恩的心仔細撫摸牠的頭。

「謝謝。回旅館幫你好好梳一下毛。」

「嗷！」

「天狼星少爺，我也麻煩您了！」

「那個……我也……」

「哎呀，那我請你幫我梳頭髮好了？」

「我也要我也要！」

「……拿你們沒辦法。」

看來回到旅館後，我的比賽還會持續下去。

休息時間結束，第二輪比賽揭開序幕。

最先出場的貝奧爾夫跟第一輪比賽時一樣壓制對手，展現出自己的實力奪得勝利。

至於第二場比賽的我，對手是用大劍的男人，但我從小就在跟萊奧爾切磋，早已習慣與大劍劍士交手。

我在千鈞一髮之際閃過對手的大劍，打掉他的武器再賞他的下巴一記上勾拳。由於事到如今已經不需要手下留情，我快速地打倒對手。

以技術為重的這一擊跟雷烏斯以力服人的風格不同，令觀眾也對我寄予期待，接著輪到雷烏斯和柯恩的比賽。

老實說，以柯恩的實力，跟雷烏斯打起來應該挺辛苦的。技術方面或許是他略勝一籌，不過雷烏斯的綜合能力較高。

即使他試圖用劍讓雷烏斯的攻擊偏離，憑他的力量根本無法讓雷烏斯的大劍移動分毫。雷烏斯的力量之大就是如此誇張。

觀眾好像也期待雷烏斯再用壓倒性的一擊結束比賽，比賽在充斥柯恩必將落敗的氣氛中開始……

「喝啊——！」

「……看我的！」

令人驚訝的是，柯恩閃開了雷烏斯在比賽開始的瞬間衝過去揮下的劍。

在最完美的時機，用神乎其技的角度敲打劍身，成功顛覆力量差距，讓雷烏斯的大劍微微偏移。這驚人的集中力與技術，使我發自內心吃了一驚。

在雷烏斯的劍刺進擂臺的瞬間，柯恩手腕迅速一轉，刺向朝雷烏斯胸口——的防具。推測是想在刺中前煞車，讓雷烏斯自己認輸。

然而……雷烏斯的攻擊尚未結束。

「喝啊啊啊啊——！」

「什麼!?」

他使出在大劍砍到底的同時往上揮的剛破一刀流·剛翔，彈開刺向自己的劍。雖然勉強防住了這一擊，雷烏斯的劍卻舉得太高，露出破綻。大概是有點緊張，不小心太用力了。

換成是我，應該會利用彈開劍的反作用力順勢把劍反過來拿，用劍柄攻擊側腹。

不過柯恩好像被雷烏斯的第一劍震到手，承受不住衝擊，導致劍從手中滑出。最後一擊之所以採用突刺，想必也是因為他已經沒力氣用砍的。

柯恩的劍在空中轉了好幾圈掉在地上時……決定了勝負。

「……是我輸了。」

『勝、勝負已定！雖然只是短暫的攻防戰，雷烏斯選手在充滿緊張感的戰鬥中奪得勝利！』

柯恩累得癱坐在地上，可能是緊繃的神經放鬆下來了。比賽時間不長卻累成這樣，可見他有多專注。

由於等等還有下一場比賽，選手必須盡快離開擂臺，但柯恩一直撿不起他的劍。

「走吧，我幫你撿。」

「抱歉，我的手沒力氣。」

「別客氣。沒想到除了大哥還有人能打偏我的劍。啊，你要不要讓大哥看一下傷勢？要是骨折怎麼辦？」

「那個人還會用治療魔法嗎？」

雖說只有一擊，本以為雷烏斯會因為劍被彈開而感到不甘，他卻和柯恩聊得有說有笑。儘管他用面具遮住臉，從體型及聲音判斷，這兩個人年紀應該差不多，或許這也是原因之一。

自然而然變成朋友的兩人走到我面前，我按照雷烏斯的要求，幫柯恩診斷。

「不好意思，我之後會付治療費。」

「不用給沒關係。對了，虧你有辦法打偏雷烏斯的劍。」

「嗯，因為我練習了好幾次。」

他記住雷烏斯在第一輪比賽展現的動作，休息時間在等候室反覆練習。

雷烏斯的呼吸、移動速度、揮劍時機……才看一次柯恩就完全記在腦海，真是優秀的觀察眼。當然還可能因為雷烏斯揮劍的力道有差，導致時機抓不準，所以有一半以上是靠賭的。

總之是個前途無量的青年。我用調查體內的魔法「掃描」仔細地幫柯恩診斷。

「……肌肉痠痛而已，骨頭沒有異狀。」

「噢……」

表面看來我只有觸摸他的身體，因此柯恩疑惑地歪過頭，我接著往他體內注入魔力，提高他的治癒力，柯恩的表情便轉為驚訝。因為我還順便幫他麻醉，減輕疼痛。

「不痛了……原來還有這種魔法。」

「只是稍微讓你感覺不到痛而已。休息一下就會好，今天別再碰劍囉。」

「謝謝你，也謝謝雷烏斯。」

「我才要道謝。那一劍被防守住，讓我知道自己還有不足之處。」

「哈哈哈，你真積極。雖然輸掉了，我很慶幸自己有參加這場比賽，因為我得到了珍貴的經驗。」

「是嗎？那個，我想你可能沒那個力氣，不過……」

「嗯，我才想跟你握手。」

由於柯恩的手還會痛，兩人只輕輕握了下手。

鬥武祭的選手就算輸了還是能繼續觀戰，不過他之後好像有事，要直接回旅館，我們便目送一邊道謝一邊走遠的柯恩離開。

柯恩離開時，下一場比賽剛好結束，傑基爾發出勝利的咆哮聲。看來我跟雷烏斯準決賽的對手確定了。

今天的比賽到此結束，播報員說明完淘汰賽的結果後，為今日收尾。

『今年的鬥武祭真的很激烈！可以期待再次感受到數年前剛劍先生出現時的感動。那麼最後要來公布明天準決賽的對戰組合。』

對戰組合雖然已經寫在對戰表上了，為了坐太遠看不見的觀眾，播報員會再口頭宣布一次。

『明天的準決賽，第一場是貝奧爾夫選手對天狼星選手。天狼星選手到目前為止閃過了所有攻擊，他能跟貝奧爾夫選手的二刀流纏鬥到什麼地步呢？想必會是場讓人目不轉睛的對決！』

我感覺到貝奧爾夫熱情的視線，卻故作無知，揮手向觀眾致意。事到如今講再多也沒用，直接打一場讓他理解吧。

『準決賽的第二場比賽是傑基爾選手對雷烏斯選手。崇拜剛劍的兩人對上，究竟會擦出什麼樣的火花？雙方都擁有超出常人的力氣，期待會是場充滿魄力的力量大比拚！』

雷烏斯與傑基爾笑著互瞪，散發出現在就可以開打的氣氛。

那兩個人之所以這麼期待，一方面是因為個性有點相似，另一方面是可以拿出全力較量。他們臉上的笑容相當愉快，彷彿等不及明天的到來。

『那麼各位，今天就到此解散。明天還有比賽，請小心不要喝太多喔。』

今天的賽程順利劃下句點，不過對於我和雷烏斯而言，明天才是重頭戲。得注意不能太鬆懈。我看著貝奧爾夫，默默為自己打氣。

《胸懷覺悟》

準決賽前一天晚上……我在風岬亭的房間幫北斗梳毛。
牠趴在地上任我處置，舒服地緩慢搖尾，雷烏斯則躺在旁邊的床上，想早點就寢以備明天的比賽。
「呼啊……我差不多要睡了，大哥還不睡嗎？」
「嗯，我也剛好梳完毛，睡覺吧。」
「嗷！」
我收好刷子，摸了下把臉蹭過來撒嬌的北斗，關掉照明的魔導具。
房裡變得一片漆黑，躺到床上後，我突然感覺到雷烏斯在看我。
「……怎麼了？」
「沒啦，明天我打倒傑基爾的話，不是會對上大哥你嗎？雖然我們訓練的時候打過好幾次，在這麼多人面前交手還是第一次耶。」
「是啊。但我可是打算拿出真本事，跟訓練不同喔。給我做好覺悟。」

「這還用說，我一直都是認真的！」

「說得也是。明天……展現你全部的實力給我看。」

話才剛講完，雷烏斯就墜入夢鄉。確認他睡著後，我假裝去廁所，走出房間。

目的地並非廁所，而是女性組的房間。我並不是要來夜襲，便光明正大地敲了門。

「來了，請問哪位？」

「是我，天狼星。不好意思，可以幫我開門嗎？」

「天狼星少爺!?我、我馬上開門！」

知道是我來了，艾米莉亞反應得非常快，門一開就看見她燦爛的笑容。

我很想叫她不要立刻開門，不過艾米莉亞是辨識我的天才，不可能會認錯。

「天狼星少爺，請您坐在我的床上。」

「咦!?天、天狼星前輩怎麼來了？」

「哎呀？該不會是來夜襲的？」

我在艾米莉亞的帶領下進到房間，坐在床上聊天的莉絲及菲亞驚訝地看著我。

菲亞與其說驚訝，更接近驚喜……別去在意好了。

「喂，我不是來夜襲的，不准脫衣服。不好意思讓妳期待落空，我想跟妳們談談有點嚴肅的事。」

「真可惜。我還以為你肯定會從我們之中選一個帶到其他房間。」

「天狼星少爺，我隨時都可以！」

「啊哇哇……」

「拜託別扯這個了。」

我不討厭積極的女孩，可是明天有重要的比賽，容我拒絕這份好意。

好不容易讓她們冷靜下來後，我坐到空著的床上，認真開始說明。

「明天的決賽……很可能是我跟雷烏斯交手。傑基爾確實滿強的，不過雷烏斯現在的實力足以贏過他。」

「那我稍微放心了。你們只要像訓練時那樣過幾招，觀眾就會滿足了。」

「不，我不打算只跟他過幾招。我會來真的。」

「是呀。機會難得，那孩子也想跟天狼星少爺來場認真的對決吧。」

艾米莉亞點頭附和，接著立刻發現我的氛圍跟平常不同。

「艾米莉亞……我會帶著殺意跟雷烏斯交手喔。」

「聽起來真可怕，雖然以你的個性八成有什麼原因……」

「嗯，我想是時候讓雷烏斯體驗境界更高的戰鬥了。」

「不一定要在比賽的時候吧……」

「除此之外還有其他原因。這是雷烏斯非得經歷的道路，搞不好我還會不小心殺了他。艾米莉亞，到時妳——」

「天狼星少爺。」

妳恨我也沒關係——還沒說完的這句話，被艾米莉亞平靜的聲音打斷。

「請您盡情大展身手，不要顧慮我的感受。接受您的鍛鍊是雷烏斯自己選擇的道路，即使發生最壞的情況……我也不會恨您。」

「這是為了雷烏斯好……對吧？這樣的話，我該做的只有盡全力幫你們治療。」

「這不像我們可以插手管的事，我會將這場對決看到最後。」

「……謝謝妳們。」

我絕對沒有犧牲雷烏斯的打算，可是認真打起來總會有個萬一，因此我才先跟她們說明。多虧之前建立起來的信賴感，大家都能體諒。

「妳們觀戰時注意點，雖然有北斗在旁邊，應該不會有問題。」

「我明白。」

「天狼星前輩也要小心喔。」

「那當然。那我該——」

「哎呀，要回去啦？」

「您可以直接睡在我床上呀？」

菲亞在我準備回房時抓住我的袖子，艾米莉亞則抱住我另一隻手。

仔細一想，她們都只穿著一件旅館給的睡袍，對我這個男人來說非常有破壞力。
但我努力調整……管理油然而生的色慾，故作鎮定，伸手握住門把。
「妳們的好意我心領了。晚安。」
「「「咦？」」」
雖然對她們不太好意思，今天麻煩讓我以睡眠為優先。
其實我也穿著飯店的睡衣，在被兩人抓著的情況下邊脫邊移動到門前。
我使出有如替身術的招式逃掉，對目瞪口呆的三人揮揮手走出房間。順帶一提，睡衣底下有穿上衣跟褲子，脫掉也無所謂。

『好厲害，被我們抓住了還逃得掉。』
『那是怎麼做到的呀？真想再跟天狼星前輩多說點話。』
『欸，下次要不要三個人一起去夜襲？只要我們團結一致，一定贏得了天狼星。』
『咦咦!?那、那個，艾米莉亞！不要都不說話——妳在做什麼？』
『……睡袍上有天狼星少爺的味道。』
『確實有在床上聞過的味道。』
『啊，真的耶。』
『有這件睡袍，我應該能睡得很熟。』

我懷著一絲愧疚強化聽力，偷聽房間內的對話……她們感情似乎滿好的，我鬆了口氣。

儘管狀況有點那個，她們過得開心就好。我滿足地回到房間。

隔天……在半準決賽脫穎而出的四名選手站在擂臺上，播報員的聲音在選手準備就緒時傳遍鬥技場。

『讓各位久等了！鬥武祭的準決賽即將開始。首先上場的是貝奧爾夫選手及天狼星選手，請兩位選手站到擂臺中央。』

在觀眾們的歡呼聲中，雷烏斯和傑基爾走下擂臺，我跟貝奧爾夫則移動到中央，隔著一小段距離相對而視。

我重新觀察貝奧爾夫的裝備，仍然是那身盡量不妨礙動作的輕裝——保護要害的最低限度防具及兩把劍。

『這場比賽的結果我完全無法想像。贏的會是在之前的比賽展現出驚人迴避能力的天狼星選手，還是劍聖的兒子貝奧爾夫選手呢……說實話，哪一方勝利都不奇怪。』

我一面檢查最後一次裝備，等待比賽開始，貝奧爾夫已經拔劍進入備戰狀態，開口說道：

「……今天請你多多指教。」

「嗯，我才要請你多指教。你看起來很有幹勁，真是太好了。」

「那當然。昨天我雖然說了那種話，我也承認你很強。看之前的比賽，應該可以對你使出全力。」

「真榮幸。那麼，讓我回應你的期待吧。」

「你很快就沒辦法那麼悠哉了。」

『那麼……比賽開始！』

貝奧爾夫釋放殺氣瞪著我的瞬間，銅鑼聲傳遍四方，準決賽第一場比賽——我和貝奧爾夫的對決開始了。

我們在銅鑼聲響起的同時衝向對方，揮下武器。

貝奧爾夫使勁刺出左手的劍，右手的劍配合我的動作伺機而動。我用劍敲打劍身，讓攻擊偏移軌道，還故意往左邊引導，讓他不方便揮下右手的劍。

然而這麼點小伎倆，貝奧爾夫大概也預測到了，壓低姿勢扭動身軀，略為強硬地往我腳邊砍。

我立刻跳起來迴避，同時在空中使出迴旋踢。

「你的動作我早看穿了！」

貝奧爾夫卻用左手的劍瞄準我的腳，導致我不得不中斷攻擊。

我在空中調整姿勢，成功迴避，貝奧爾夫在我降落在地時再度逼近，這次讓兩手的劍交叉砍過來。

「這招你躲得掉嗎？」

「當然！」

我將劍擋在雙劍的交叉點防禦，劇烈的衝擊震得我飛向後方……但我鎮定地在空中翻了一圈，平安落地。

「……好堅固的武器，我的攻擊完全無效嗎？」

「這是重要的人給我的劍。剛才那招就算是正面接下，只要防住衝擊就沒什麼大不了。」

我只是在三把劍碰撞在一起的瞬間躍向後方罷了。

看他第一招是突刺，也沒有趁我被震飛時追擊，證明他還在小看我。

「是說劍聖的招式呢？幻流劍……你到現在還沒用過吧？」

幻流劍。

這是劍聖的流派，揮劍的速度快到足以讓一把劍看起來有無數道殘影，讓人產生看到幻影般的錯覺，因此被稱作幻流劍。聽說劍聖遭到數不清的敵人包圍時，也是用一把劍射出的無數劍閃將敵人全數擊退。

聽萊奧爾說，和劍聖交手時會覺得自己在跟兩個人打，好幾次他的頭差點被砍下來。

「這樣……你會死喔？」

「剛才那一擊讓我確信了，辦得到就試試看啊。」

「……好吧，我會讓你後悔。」

聽見我的挑釁，貝奧爾夫整個人氣勢都變了，殺氣騰騰地將兩把劍對著我。

幻流劍本來是一刀流的流派。

如今貝奧爾夫要用二刀流使出它的招式，威力會多大完全是未知數。

「幻閃！」

在逼近我的同時揮下的劍，速度快到兩把劍看起來彷彿有八把。

每一把都像擁有生命似的左彎右拐，從各個角度襲來……

『這是!?貝奧爾夫選手的劍變成了無數把!?天狼星選手該怎麼躲過這不辱劍聖之名的攻擊——咦咦!?』

我用另一隻手拿著的祕銀小刀，將八把劍全數彈開。

貝奧爾夫可以將兩把劍操控自如，我卻能靠並列思考讓雙手在完全獨立的狀態下動作。武器相撞時擦出八道火花，下一刻，貝奧爾夫瞪大眼睛僵在原地，一副不敢相信的樣子。

他的破綻實在太大，因此我用力往胸口一踢，貝奧爾夫狼狽地直接摔在擂臺上。

『……防、防守住了！天狼星選手不僅擋下貝奧爾夫選手的連擊，還有餘力反擊！』

由於剛才那一腳威力不大，貝奧爾夫立刻站起身，但他依然處於混亂狀態。

「怎、怎麼可能!?竟然接得下那一招……」

「因為我看過好幾次類似的招式。」

雖然拿那個人比不太恰當，跟和我交手過無數次的萊奧爾那招同時放出八道斬擊的散破比起來，貝奧爾夫的攻速太慢了。

除此之外，就算八把劍看起來是同時揮動，還是會產生些微時間差，想防守並不困難。

「聽說劍聖能夠放出超過十道的斬擊，外加每一道都足以致命……你的劍卻沒什麼威力。你還沒用慣二刀流對吧？」

其實要用在實戰上也足夠了，畢竟他確實用雙劍放出了八道斬擊。

可是就我看來，他的技巧還太生澀，重點是每一擊都力道不足，所以用不著費太多力氣，手動得快一點就擋得下來。

他的力氣是足以用單手揮劍沒錯，無奈他太過拘泥於速度，缺乏最基礎的肌力。

「為了變強，你似乎一直在找人切磋，不過跟強者交手後，你有每一次都仔細檢討自己嗎？」

「唔……只不過防禦住我的攻擊一次，就自以為老師嗎。請你別小看我！」

貝奧爾夫重新握緊劍，做了個深呼吸，狠狠瞪著我，像在對自己下暗示般不斷喃喃自語。

「下次要更快。更快……更快……更快！」

貝奧爾夫的殺氣越來越集中，在吁出第三口氣的瞬間飛奔而出。

『貝奧爾夫選手再次發動猛攻！他的劍仍然快得無法目視，看得出速度比剛才更——咦!?』

這次總共有九把劍……不過也只是速度變快而已，本質並未改變。

我冷靜地用劍跟小刀擋掉、彈開、接住他的劍後，又踹了他的胸口一腳把他踢飛。

「為什麼……？」

「跟剛才一樣漏洞百出。要事先想好自己的攻擊不管用的話該怎麼辦。別忘記設想最壞的情況。」

「就說了……為什麼你一副高高在上的模樣！」

「像你這種個性的人，不徹底擊潰一次就不會聽人說話。」

我之所以沒有一下就打敗他，是因為這樣太糟蹋貝奧爾夫的實力。

我不知道他的父親是怎麼教他的，但他的動作有許多粗糙及多餘的部分，這樣難得的技術也無法徹底發揮。

為了讓他變得更強，我想多指點他幾句，首先得讓他屈服，好讓他乖乖聽我說話。

「我從你的劍路中感覺到迷惘，其實你在煩惱自己的實力遲遲無法提升吧？」

「什麼都不知道的你沒資格講我！」

「也是，不好意思啊。」

才破解一招，還無法讓他屈服。

貝奧爾夫被我的態度惹火，怒氣表露無遺，在突擊的同時集中魔力。

「吃我這招……陽炎！」

魔力瞬間膨脹，貝奧爾夫突然像分身一樣變成兩個人。我反射性往其中一人砍下去，卻只砍中空氣，看來正面進攻的這個果然是殘像。

『貝奧爾夫選手增加成了兩個人，從天狼星選手的背後逼近！這也是劍聖的招式嗎!?』

原來如此……在高速移動時全身釋放魔力，用魔力製造出殘像繞到對手背後的招式嗎？很適合以速度及技術為主的幻流劍。

貝奧爾夫拿殘像當誘餌，從背後突襲，我背對著他閃過右手的劍，然後轉身用祕銀小刀打掉左手的劍。

「什麼!?」

「知道你會攻來就好對付了。而且背後可是視線死角，隨時留意不是當然的嗎？」

儘管他想用幻影欺騙對手的眼睛，戰鬥時只要一直對四周使用「探查」，就能掌握敵人的位置。就算不這麼做，留下殘像後得隔一段時間才能發動奇襲，學會偵測對手的氣息即可破解。

都第三次了，他終於學會拿劍抵禦我的踢擊，因此我沒有反擊，而是稍微拉開距離。

剛才那招還有很多該指正的地方，於是我擺出跟貝奧爾夫使用陽炎時同樣的姿勢。

「而且那是要搭配其他動作使用的招式吧？也就是說，在對手面前使用的效果不大。不過……」

「該不會!?」

貝奧爾夫發現我要做什麼的瞬間，我用全身釋放魔力，製造出殘像，同時衝出去繞到貝奧爾夫旁邊。

「這是我的招式!?你不是自己說過，在對手面前使用的——唔!?」

貝奧爾夫砍向從側面逼近的我……發現沒有砍中任何東西，驚訝地睜大眼睛。

不意外，畢竟他砍中的是我用魔力做出的誘餌。

我在繞到旁邊時又用魔力做出一個殘像，趁機移動到他背後。簡單地說……就是雙重假動作。

貝奧爾夫的注意力全被誘餌吸引過去，背後漏洞百出，本來應該要用劍砍下去，我卻手下留情，只用腳攻擊。

「呃啊!?」

「就像現在這樣，即使當著對手的面使用，換個用法就能提升偷襲成功率。」

我看著倒在擂臺上的貝奧爾夫，一邊說教一邊等他站起來。

『真、真是出人意料的展開！速度那麼快的貝奧爾夫選手被玩弄於股掌之間！我……快要迷上天狼星選手了！比完賽要不要跟我約會？』

播報員興奮得開始胡言亂語，貝奧爾夫緩緩起身，臉上不是憤怒，而是帶著確信的苦笑。

「我懂了。你……受過劍聖的指導對不對？」

「為什麼這麼想？」

「幻閃跟陽炎都是必殺一擊，不可能第一次看見就閃得過，所以你要不是跟劍聖學過劍，就是和他交手過。不對，以年齡來說只可能是前者。」

「可惜猜錯了。我沒見過劍聖本人，兩招都是第一次見識到。類似的招式倒看過幾次。」

剛破一刀流的散破與幻閃有幾分相似，本來好像是萊奧爾為了對付劍聖的幻閃發明出來的，兩者自然會有共通點。

至於陽炎，對於經常採用偷襲戰術的我來說，這種招式挺熟悉的。再加上有魔法可以用，從來沒看過也閃得掉。

「少騙人了！雖然講這種話像在自吹自擂，我不認為我的招式那麼簡單就能看穿！除非擁有劍聖等級的實力……」

「給你一個提示。你盯上的雷烏斯用的流派是？」

「剛破一刀流啊？他的劍術好像是跟剛劍本人學的，前提是昨天播報員的介紹沒有作假。」

「沒錯。而我是雷烏斯的師父，也算他的兄長。」

「……莫非你也跟剛劍學過劍!?」

「有點出入。」

這次換我進攻，從正面持劍攻擊，貝奧爾夫反射性用劍擋住。精神這麼不安定還能控制身體行動，值得稱讚。

我繼續隨便砍了幾劍，看著勉強反應過來的貝奧爾夫接著說道：

「我和剛劍交手過，在那之後跟他成了朋友。也就是說，我見識過比你更快、更重、更銳利的劍。」

「年、年紀跟我差不多的你嗎⁉」

「信不信由你，但你應該已經知道我有多強了。不拋棄年紀這種無聊的觀念，只會輸得很難看喔？」

「唔⁉確實如此！」

貝奧爾夫聽懂我的話，逐漸恢復冷靜，慢慢跟上我攻擊的步調。

激烈的攻防戰持續一段時間，鬥技場內只聽得見鋼鐵的碰撞聲。

嗯……這種程度他似乎跟得上，再提升一點速度好了。

『雙方互不相讓！速度還繼續加快！』

據我推測，貝奧爾夫的實力大概略遜雷烏斯一籌。可是還有戰法相剋上的問題，不實際比比看不會知道。

貝奧爾夫察覺自己到了極限，在承受攻擊時故意不站穩腳步，被我打飛出去，硬是與我拉開距離。

若這不是比賽，我會用魔法或飛刀追擊，但貝奧爾夫好像有什麼打算，我便故意不採取行動。明白我在放水的貝奧爾夫乾笑著深深吐出一口氣。

「哈哈……只能承認你的實力了。這一招我本來想藏到決賽，可惜不能再繼續藏下去。」

「你還留有王牌？」

「不對，是在這裡使出全力的覺悟！魔力啊，賦予我力量吧……『增幅』。」

他將使用幻閃、陽炎時暫時解放的魔力拿去強化身體，終於判斷現在是非得拿出全力的時候。

貝奧爾夫的「增幅」跟我和雷烏斯的不同，強化了許多不必要的部位，不過拜其所賜，他的能力大幅提升，在衝向前方的同時將堅固的石板踩裂，碎石飛濺。

要用肉身跟強化過身體的貝奧爾夫打實在有點吃力，於是我也發動「增幅」，招手挑釁他。

「不錯的覺悟，放馬過來。」

「不用你說我也會這麼做，幻閃！」

他聽從我剛才的建議改善缺點，才減少一道劍閃，威力就產生了變化。

然而我的身體也經過強化，輕而易舉化解攻擊，一面指點他。

「使出招式後還是不能鬆懈！別停止思考，要一直想著下一步行動！」

「唔!?又、又來了！」

貝奧爾夫有個習慣，在放完招的瞬間會吐出一口氣，要他立刻改正是強人所難了一點。呼吸固然重要，但他動作太大，製造出的空檔也大。

為了讓他比較好懂，我趁隙賞了他肚子一腳。

「咳!?這、這樣啊。破綻太大了對吧。」

貝奧爾夫瞬間理解，之後就沒有再重蹈覆轍，不過……

「好痛!?從哪裡來的!?」

「敵人可不一定只有我！要隨時注意四周，以免遭到突襲！」

我不時會踢石板的碎片攻擊他，教他要警戒來自其他地方的冷箭。

結果他變得會害怕遠距離攻擊，疏於防備腳邊。

「一直被我踢中，可別忘了人類全身都可以當成武器喔？別把注意力放在同一個地方！」

「嗚!?是、是！」

我邊打邊指出貝奧爾夫的毛病，像跟雷烏斯進行模擬戰一樣。

根據我的經驗，貝奧爾夫大概和雷烏斯相同，是靠身體記憶的類型，因此只要讓他反覆練習就對了。

『怎、怎麼會這樣？這場戰鬥看起來非常激烈，卻不像在比賽。可是……讓人移不開目光。』

不只播報員，觀眾們也對我們的攻防戰感到困惑，不過沒聽見有人在抱怨。

儘管違背了鬥武祭的宗旨，觀眾想必也被我們激烈的交鋒迷住了。

「這樣如何！」

「還不錯！」

不知不覺，貝奧爾夫開始乖乖聽我指導，迅速修正我指出的毛病。我很佩服他學得這麼快，但他的動作慢慢變遲鈍，八成是魔力即將耗盡。

我拿劍用力彈開瞄準破綻使出的一擊，暫時拉開距離後，豎起食指宣言。

「下一招就是最後。拿出你的全力！」

「……我上了！」

貝奧爾夫最後使出的招式——幻閃看起來沒有太大的變化，傾注全力的一擊卻比之前更加沉重，足以讓我漏掉一劍沒防住，只得選擇迴避。

「喝啊啊啊啊！」

在我揮手準備擋掉最後一劍時……察覺到一股異樣感，便將注意力放在身後。

貝奧爾夫在揮下最後一劍的同時使用陽炎，繞到我背後。

他用所剩無幾的魔力做出漂亮的假動作。我在心中感慨，立刻將所學用在實戰上的態度值得讚許。

我自然而然笑出來，在他揮劍前背對著他向後跳，由下往上使出肘擊。

「什麼!?」

「還差一步……」

我的手肘趁他高高舉起劍時卡進腋下，封住一隻手的動作。

貝奧爾夫立刻用另一把劍攻擊，我從用手肘卡住的那一側鑽到他背後，順利迴避。

雖然這麼做會有一瞬間背對他，我在貝奧爾夫行動前抓住他的衣領，絆倒他再用後背當支撐，像過肩摔似的把他朝前方扔出去。

確認跟被我扔到空中、頭上腳下的貝奧爾夫對上目光後，我將手掌對著他說道：

「最後再教你一件事。別以為近身戰對手就不會用魔法。」

「……是……」

貝奧爾夫因為魔力枯竭的關係，意識不太清楚，卻露出有點滿足的笑容。我用「衝擊」把他轟到擂臺外。

『勝……勝負已定！天狼星選手獲勝！貝奧爾夫選手精湛的劍術也無法打敗天狼星選手！』

觀眾在比賽宣布結束的同時大聲歡呼，我望向在場外接受治療的貝奧爾夫。

醫療班在用水魔法治療他，不過貝奧爾夫受的傷只有我的踢擊跟最後的「衝擊」，現在只是因為疲勞及魔力枯竭昏過去，休息一下應該很快就會醒來。

不知為何，雷烏斯站在附近看著他，頻頻點頭。

「我懂，大哥的訓練……超累的。我每次都是那種感覺。」

他的表情相當溫柔，宛如嘗過同樣痛苦的朋友。

可是雷烏斯啊，貝奧爾夫因為畢竟是比賽，我還算有控制，你受的訓練更嚴苛喔？

最近我改變行動模式你也能馬上反應過來，再加上你也希望我認真點，害我不小心做得太過頭。我一直以來都會手下留情，以免搞壞你的身體，最近這個分寸卻越來越難拿捏，然而這也是你成長的證明，可以說是基於喜悅的抱怨。

過沒多久，我和雷烏斯來到在治療室睡覺的貝奧爾夫床前。

之所以連下一場比賽要出場的雷烏斯都在，是因為擂臺被我們的攻擊波及到，變得破破爛爛，需要花點時間修理。現在會用土屬性魔法的人八成在拚命修理、強化擂臺。

於是我們多了一小時左右的臨時休息時間，便來看看貝奧爾夫的情況。

「欸大哥，這傢伙的爸爸是跟爺爺打過的劍聖對吧？」

「好像是。他還會用萊奧爾提過的招式。」

「這樣啊。那人都有年紀跟我差不多的小孩了，為什麼要去挑戰爺爺？」

一般的說法是劍聖死在與剛劍的對決中，可是這跟萊奧爾說的不太一樣。

這個問題的答案只有劍聖本人知道，但我聽萊奧爾解釋過真相，隱約猜得出原因。

「像你這種想變強保護家人的類型，可能不太能理解。恐怕劍聖是想尋死。」

「尋死？我才不想死在爺爺手下咧。我比較想跟艾莉娜小姐一樣，在大家的陪伴下死去……大哥認識劍聖嗎？」

「我只是猜的。」

「可以請你……告訴我嗎？」

「喔？你醒啦！」

我們好像不小心吵醒他了。

我向他致歉，貝奧爾夫卻催我快點告訴他。

看見那孩童般的眼神，我意識到他對父親一無所知。劍聖真是罪孽深重啊。

「如果你知道什麼，請告訴我。我是因為想知道父親的事才變強的……」

「其中包含我的推測，這樣你也要聽？」

「沒關係。只要能多瞭解父親一些……」

「好吧，在那之前想先問個問題。你的母親呢？」

「母親她……在父親死後得了傳染病去世了。」

如我所料。我的推測可信度增加了。

其實應該由萊奧爾說明，不過這也是種緣分，就將我知道的統統告訴他吧。

「抱歉，問了這種問題。那麼進入正題，我剛才說過我認識剛劍對不對？」

「是的。見識到你的力量後，現在我相信了。」

「我從剛劍口中聽說劍聖的死因。劍聖不是死在剛劍的劍下，是跟他交手後病死的。」

「咦!?」

這是萊奧爾隱居前的故事，劍聖突然出現在他面前，要求與他單挑。

經過一場死鬥，勝利的是萊奧爾，當時劍聖還沒死。萊奧爾說他想再和劍聖切磋，下意識停住了劍。

然而，劍聖忽然吐血，告訴他自己受病魔所苦。

「你的母親得了傳染病，劍聖得了同樣的病也不奇怪吧？」

「怎麼會!?我一直以為……父親丟下重病的母親去找剛劍較量，死在他手下。」

「等等，大哥！劍聖幹麼做這種事！」

「應該是想守護名譽吧。」

他吐著血拜託萊奧爾，希望當成自己是因這場對決而死的。

萊奧爾答應了讓自己享受一場激戰的人的請求，安葬死於疾病的劍聖後，宣布自己打倒了劍聖。我不覺得他會積極散播消息，但以剛劍的名聲，這件事自然而然就會傳開。

「想必是因為比起因病而亡，死在與剛劍的決鬥中更符合劍士……劍聖的頭銜。這麼說或許有點過分，我想最後比起當一個父親，他選擇以劍聖的身分結束一生。」

「……我不懂。」

「我……無法原諒父親。不但丟下生病的母親不管，還去挑戰剛劍，就這樣死了，說什麼都無法原諒。」

得知真相的貝奧爾夫兩眼流出淚水，卻帶著神清氣爽的表情。

「可是，母親對父親毫無怨言。父親八成有跟母親坦承，母親也接受了。太過分了，只排除我一個人……」

「說不定他是希望對自己的恨能成為兒子的生存動力，雖然這也是我的推測。」

「無論如何都很過分。不過……我依然很崇拜父親。從我還是嬰兒的時候，他就表演過好幾次他的劍技給我看，非常帥氣……我也想變成那樣，才有辦法一直變強。所以聽見這件事，我其實也有可以理解的部分。」

真是堅強的男人。

雙親去世後，貝奧爾夫應該一直過得很苦才對，即使如此，他還是接受事實，努力向前。

「當然也有不能接受的部分。可是父親到死都是我的憧憬……都是我崇拜的劍聖。明白這點就足夠了。謝謝你……告訴我。」

他向我道謝，露出我從未看過的柔和笑容。

貝奧爾夫說他想一個人靜一靜，因此我們離開治療室，這時我發現雷烏斯一直沒說話。

他陷入沉思，面色凝重。我開口關心他，雷烏斯便看著我的眼睛說出心中所想。

「欸……大哥。我雖然喜歡練劍，家人跟劍要我選的話，我一定會選家人。」

「我想也是。」

「所以如果我像貝奧爾夫那樣，就算知道真相我也無法接受，可是把劍聖換成你或爸爸，我就能明白了。」

他學會從其他角度看事情，而不是只用自己的觀點思考了嗎？看來他精神方面也有了成長。

「爸爸不願意陪在自己身邊是很討厭啦，但沒人會想看見自己崇拜的人落魄的樣子。貝奧爾夫就是這種心情特別強烈吧？」

「是啊，貝奧爾夫以自己的父親是劍聖為榮，說不定跟你不太合。」

「嗯……我也這麼覺得，可是我明白了一件事——劍聖到最後都貫徹自己的信念很厲害。」

「明白這點就夠了。你的信念就是守護家人吧？」

「除了這個，還有要強到能讓大哥把背後交給我保護。那大哥的信念是什麼？」

「跟你類似，保護你們這幾個家人、徒弟，把你們好好養大。假如有人敢亂動你們，就算對手是一整個國家我也會應戰。」

「這才是大哥！」

要相信什麼、以什麼為信念因人而異。

如雷烏斯所說，重要的是要貫徹始終。只要遵守這點，至少可以抬頭挺胸地活下去。

順帶一提，前世的我當上老師前的信念，是幫助夥伴實現理想。

任誰聽見都會嗤之以鼻的理想，夥伴是真心想要實現，我被這樣子的信念迷住了。不過轉生到這個世界後，只剩下教育徒弟這個身為老師的信念。

「好，比賽差不多要開始了。傑基爾想必是個強敵，但以你的實力足夠贏過他。」

「嗯！好好看著吧，大哥！」

雷烏斯剛剛在想事情，有點有氣無力，可是他很快就燃起鬥志，走向擂臺。

從第一戰和第二戰的表現看來，傑基爾的實力遠遠不及萊奧爾，做為雷烏斯的假想敵倒是剛剛好。

他們之間還有種族差異，單論力量是雷烏斯占上風，不過傑基爾經驗較為豐富。勝利的會是雷烏斯的力量與信念，還是傑基爾的技術及經驗……我無法預測。

「算了，不管怎樣，對他來說都會是不錯的經驗。這孩子……真的長大了。」

我瞇起眼睛，看著弟子筆直邁向前方的背影。

——雷烏斯——

「啊，雷烏斯選手！一切都準備就緒了，請您到擂臺上就位。」

跟大哥道別，回到場內時，鬥武祭的工作人員跑來叫我，我聽他的話站到擂臺上。

我的對手傑基爾已經拔出他的劍，站在那裡等我，一看到我就愉快地笑了。

我明白能跟強者戰鬥的喜悅，可是表現得那麼明顯的人也挺罕見的。還以為只有萊奧爾爺爺會這樣。

「喔，你來啦！終於可以來場像樣的戰鬥。」

「對啊。不過大哥在下一場等我，我要一口氣解決掉你。」

「大哥嗎……是說你的大哥真的是怪物。他把那個貝奧爾夫當小孩子教訓喔？怎樣才能變那麼強啊。」

「當然是靠訓練囉。順便跟你說一下，姊姊說大哥從嬰兒時期就在做訓練了。」

「怎麼想都是開玩笑，聽起來卻像真的，真可怕。」

果然……大家都會這麼想吧？大哥太異常了。

但我為了能與大哥並肩同行，來到了這裡……不對，現在才走到一半而已。

所以為了更接近大哥一點，我必須打倒傑基爾，和大哥交手。

我感覺到有人在看我，回頭一看，是坐在選手區觀戰的大哥，傑基爾也望向大哥。

「怎麼看都只是個年輕的冒險者……可是老實說，我不覺得現在的我贏得了他。上次有這種感覺，是在跟萊奧爾先生單挑的時候。」

「那你就乖乖輸給我吧。我想跟大哥打。」

「不不不，跟那麼強的人交手的機會很難得的。覺得贏不了還是想試試看，這不是理所當然嗎？」

「我也是。」

『讓各位久等了。擂臺已經修復完畢，接下來是雷烏斯選手對傑基爾選手的比賽。』

聽見播報員的聲音，我拔出背上的好夥伴，擺出剛天的架式。傑基爾當然也一樣。

『從架式就看得出來，這場比賽是剛破一刀流之間的對決。至於兩位選手的實力，各位應該也從之前的比賽看出來了，可以說是力量與力量的衝突……令人熱血沸騰！』

我觀察傑基爾的裝備，要害之外的部位用布料覆蓋住的黑色全身鎧甲，以及比我的夥伴短一點、劍刃特別厚的大劍。那把劍散發出一股詭異的氣息，得小心才行。

我做了個深呼吸，讓魔力傳遍體內，默默等待比賽開始。

『那麼……雙方的比賽即將開始。準決賽第二戰……開始！』

「喝啊啊啊啊啊——！」

「喔喔喔喔喔——！」

銅鑼聲響起的瞬間，我們同時發動「增幅」，向前飛奔。我們很清楚對手的能耐，一開始就都使出全力。

再說，剛破一刀流的基礎技·剛天，根本沒在控制力道的。

我們揮下大劍，兩把劍碰撞在一起……發出沉悶的鋼鐵撞擊聲和衝擊波。

『!?好、好驚人的聲音，刺得耳朵都會痛！讓人產生他們其實是在用鐵鎚互毆的錯覺！』

兩把劍被震得用力彈開，我跟傑基爾都後退一步，又立刻上前發動攻擊。現在的我們沒有退後這個選項。退一步就輸了！

第二擊我們也是同時揮劍，這次沒有彈開，雙方互不相讓。

「你比我想像中更有力氣！太棒了！」

「你才是！竟然接得住我的劍！」

說實話，我也很享受。

因為很少人能正面接住我的全力一擊，感覺很新鮮。

「看來你真的跟萊奧爾先生學過劍！」

「這還用說！我有好幾次差點被那個爺爺殺掉！」

萊奧爾爺爺有時會控制不好力道，真的很恐怖。

可是跟爺爺戰鬥會變強，練劍也很有趣，所以我才撐得下去。

我們一面交談一面互砍，每次交鋒都會發出鋼鐵撞在一起的聲音，觀眾也安靜下來看我們戰鬥。

我和傑基爾的力氣差不多——不對，我應該略勝一籌。

在我開始心想「說不定能一口氣壓制住他」的時候，傑基爾的動作產生些微變化，我立刻繃緊神經。

「『散破！』」

果然是要出招的預備動作，我們幾乎在同一時間射出六道斬擊，相互抵消。

傑基爾也可以同時射出六道，真厲害。順帶一提，大哥是七道，萊奧爾爺爺是八道。

「哈哈！這樣才有趣！」

在出完招的同時，傑基爾向前踏出一大步踢我，我急忙用手甲擋住。

好險……有點鬆懈下來了。要是沒看過貝奧爾夫被大哥踢中的那一幕，搞不好會來不及防禦。

「我的鞋子裡有鐵板，這東西竟然還一點傷都沒有，挺不錯的手甲嘛！」

「這可是爸爸跟爺爺的手甲！」

雖然對我而言還有點大，這副手甲非常輕卻堅固無比，是很可靠的防具。

比起這個，原來傑基爾不只會剛破一刀流，還會用體術啊。萊奧爾爺爺看到八成會叫他只准用劍，不過是那個堅持只用劍的爺爺太奇怪了。

我的戰鬥方式則是以大劍為主，再加上大哥跟爺爺教的體術，還有火魔法。

平常我都是拿劍，但大哥叫我全部鍛鍊一下，這樣才能應付各種情況。

話是這樣說，其實是因為跟大哥訓練時，不用上所有的攻擊手段根本沒辦法和他打，自然而然就練起來了。

「接著輪到我了！『火拳』。」

「嘖!?你還會無詠唱啊！」

我用防住踢擊的那隻手轟出「火拳」反擊。

沒有念咒，而且還熊熊燃燒的拳頭嚇了傑基爾一跳，但他立刻把劍當成盾牌，擋住我的拳頭。反應真快，大概是因為他的冒險者經驗遠比我豐富。

我的拳頭捲起一陣暴風，吹飛傑基爾，他俐落地用雙腳著地，沒受到什麼傷害。

「真是，還以為你只會用劍，沒想到連魔法都會。」

「我還算正常的喔。大哥不但會劍術會魔法，還會用體術、做魔導具，再加上做菜！」

「做菜……什麼鬼？意思是師父這麼厲害，弟子當然也會有兩把刷子嗎？看來不能再留手囉。」

傑基爾無奈地搔搔頭，將魔力注入大劍，下一刻大劍就捲起驚人的強風。

魔法……可是他又沒念咒，我也不覺得剛才被無詠唱嚇到的傑基爾會用魔法。

「真不甘心，包括力量在內，你的剛破一刀流的確比較厲害。所以雖然有點卑鄙，我也要拿出殺手鐧了。」

「這是戰鬥，我不覺得你卑鄙。別客氣，放馬過來！」

「哈，這回應不錯！重頭戲現在才開始！」

傑基爾笑得很開心，舉起劍衝過來，我也配合他揮下大劍。

那把大劍製造出的風雖然令人在意，既然他攻過來，我只需要全力應戰。在我們的劍撞在一起的瞬間……

「發動！」

傑基爾的劍吹出一陣風打在我身上，害我有種撞到牆壁的感覺。

這陣風導致我力氣比輸傑基爾，劍被彈開，幸好傑基爾的劍砍歪了，我一點事都沒有。

「咕！被風吹偏了嗎……」

「剛剛那個是？」

本來以為是風魔法，但傑基爾沒有做出用魔法的動作啊？

所以說……

「……是那把劍嗎？」

「喔，你發現啦。」

「嗯。以前看過類似的東西，記得是叫……魔劍嗎？」

魔劍只要注入魔力就能發動固定的魔法，就像剛才那樣。其實迪哥給大哥的劍也是魔劍。

劍身上有神祕的圖案……魔法陣，要在劍身上刻魔法陣非常難，搞不好還會降低劍的硬度，因此沒什麼人做得出來。

偶爾會在古老的遺跡裡發現強大的魔劍，傑基爾的肯定就是這種。看他承受了我的全力一擊還沒斷，其實是很厲害的魔劍吧。

「既然被發現了，我就告訴你。這傢伙是我在某座洞窟裡找到的，注入魔力就能像剛才那樣召喚出風。」

「確實很厲害，不過你看起來還沒辦法操控自如耶？」

「那當然。這傢伙很難控制的喔？」

事實上，傑基爾沒砍中我就是因為沒控制好風。

得救了是很好，可是那個真難應付。用得好的話不僅能拿來攻擊，還能跟姊姊一樣用風魔法飛到空中吧？大哥說那叫噴射什麼的……這樣下去會輸。

但它能製造出那麼強的風，只要撐過去幾次，傑基爾可能會用盡魔力……

「……不行，怎麼能讓大哥看到我這麼沒用！我要正面突破！」

「這才像話！我也無路可退了，差不多該分出勝負囉！」

我們再度同時衝向前方，用盡全力揮劍。

若我再多用點其他招式或魔法，或許就能搞定那把魔劍，不過我想正面贏過傑基爾。想在下一場比賽……與大哥對決前，變得更強一點。

我和傑基爾的戰鬥變成純粹的比力氣，稍有大意就會被砍中。

這一劍明明用了比剛才更大的力量，傑基爾的劍卻多了風的幫助，壓過我的劍。

這次風沒有失控，傑基爾直接砍向我的肩膀。

「得手了——」

「唔喔喔喔喔——！」

我迅速放開一隻手，用手甲敲打劍身，硬讓他的劍砍偏。幸好有爺爺的手甲。

砍偏的劍擦到我的肩膀，流了一點血，可是只要沒直接砍中就沒問題。

「喂!?還可以這樣喔!?」

「還沒完呢！」

我直接靠蠻力單手揮劍，傑基爾從我旁邊鑽過，順利迴避。

可惡，跟大哥一樣會閃！

「真不得了。正常人會選擇毆打劍嗎？」

幸好成功了，雖然有點驚險。

在上一場比賽見識到的柯恩的戰鬥方式，自然而然浮現腦海，使身體反射性行動。

『雷烏斯選手略居下風……傑基爾選手似乎也消耗了不少體力！』

我們順勢拉開距離，重整態勢。

肩膀被砍中一小刀，不過血流得並不多，體力及魔力也還有剩。

反觀傑基爾，看起來非常疲憊，氣喘吁吁，很不舒服的樣子。

「欸……你怎麼這麼快就不行了？」

「廢話！我的魔力都被『增幅』和魔劍吸走了！」

「是喔？我也一直在用『增幅』啊？」

「是你有問題！雖然打得很爽快，用這傢伙果然太折磨自己了。」

「萊奧爾爺爺會覺得折磨自己也是種快樂喔？」

爺爺已經說過，身體的痛苦是讓自己成長的手段之一。

「啊……萊奧爾先生確實有可能這麼說。真是，我講這話太不識相了。」

「我不在意，快點攻過來吧。下次我不會輸的！」

「還不放棄啊。不錯喔……但你下次打算怎麼防禦？」

我的精神沒有屈服，可是對付那把魔劍的有效手段，我還沒找到。

傑基爾操縱風的技術越來越熟練，不快點分出勝負就糟了。

要不要故意被打中，藉機反擊？

不……與其乖乖被砍，不如試一下那招。

跟傑基爾的戰鬥和跟大哥的不同，只是單純比誰力氣大，順利的話……能贏！

「看來你做好覺悟了？」

「嗯。對了……我搞不好會不小心弄斷那把魔劍，先跟你道歉。」

「這麼有自信？不必道歉，能斷在戰場上是劍的宿願。儘管上，無須顧慮。」

「是嗎，那我就……不客氣了！」

我在思考有什麼可行的辦法時，想起我還有人稱詛咒之子的變身能力。

只要變成用雙腳站立的狼，不僅傷口痊癒速度會變快，力量也會提高好幾倍，缺點是會因為太過亢奮，看不清周遭的情況。

也就是破綻很多，所以對上大哥、爺爺和傑基爾這種強敵，我都不會變身。

可是，不用那股力量也滿可惜的。

大哥不是跟我說過很多次，力量有不同的使用方式嗎？

想到這一點時，我下意識……不對，是本能地察覺到只要使用需要的部分即可，便遵循本能解放力量。

「啊、啊啊啊啊啊啊啊啊——！」

既然不能讓全身變身，就只變一部分吧。

沒錯，我只讓握住劍的雙手變身。

即使強化幅度比不過全身變化，對上傑基爾只要力氣變大一點就夠了。

手臂竄過一股熱流，我的劍和傑基爾的魔劍交鋒的瞬間……

「唔!?哎呀……輸了。」

傑基爾的魔劍……斷成兩截。

我的劍卻完好無缺，讓我重新體會到格蘭多爺爺有多厲害。不愧是鍛造出萊奧爾爺爺那把劍的人。

傑基爾沒有反擊，因此我維持戒備狀態，努力調整呼吸。

雖然大部分都被手甲遮住了，現在我手肘到手掌的部分長滿狼毛。只要冷靜下來就會自然恢復，因此我拿著劍控制情緒。變身後的模樣，我不想給大哥和姊姊之外的人看見。

傑基爾看著我，把斷掉的劍扔到地上，露出神清氣爽的表情笑著舉起雙手。

「……不打了不打了！輸得徹底，我投降。」

『勝、勝負已定！傑基爾選手宣布投降，獲勝的是雷烏斯選手！』

在響徹四方的歡呼聲中，手臂的變化終於解除。傑基爾走到我面前，我們順其自然握了手。

「恭喜。接下來就是師徒對決囉。」

「謝謝你。還有你的劍……」

「嗯？喔，我剛才也說了，你別在意。」

對劍士來說，劍是夥伴，是非常重要的東西。

就算他叫我不要在意，把人家的劍弄斷，真的滿不好意思的。

大概是我的愧疚傳達給他了吧，傑基爾拍拍我的肩膀，握住拳頭。

「萊奧爾先生的力量不是靠劍，而是他本人的強度吧？是你讓我知道不該依靠這傢伙戰鬥，所以沒關係啦。」

「……這樣啊。但我還是要跟你道歉。對不起，弄斷你的劍。」

「沒關係。而且被你這麼強的人弄斷，這傢伙應該也很滿足！」

「我也跟你打得很開心。」

「哈哈哈！」

我們互相稱讚，一同放聲大笑。怎麼說呢，我跟傑基爾莫名合得來。

「期待你在決賽的表現，讓我看看你能跟那個怪物戰到什麼地步吧。」

「嗯！」

和傑基爾一起走下擂臺後，坐在選手區的大哥笑著走向這邊。

明明下一場是我們的比賽，大哥卻很高興，害我也跟著高興起來。

「恭喜你，雷烏斯。我就覺得你會贏。」

「這還用說，身為大哥的弟子，我怎麼能輸！」

「真可靠。好了，接下來是我們兩個的決賽……有件事想跟你商量。」

「嗯？」

「喔，什麼什麼？」

大哥毫不在意傑基爾興致勃勃地在旁邊聽，繼續說明。

決賽開始前有段休息時間，大哥想請鬥武祭的工作人員幫忙延長一下。

「什麼時候會面臨戰鬥沒人知道，通常都會像現在的你一樣，在精疲力竭的時候應戰，所以照理說應該直接開打，但我想跟體力充足的你交手。」

「唷！這麼有自信。雷烏斯，你覺得咧？」

「我也……希望這樣，我想在萬全的狀態下跟大哥交手。」
「知道了，那我立刻去找他們商量。」
大哥滿意地點頭，向來幫我治療的工作人員說明狀況。
工作人員說休息時間太長觀眾會抱怨，有點不甘願的樣子，不過多虧有大哥和傑基爾幫忙說服，應該是沒問題。
『喂，來看鬥武祭的你們這些傢伙！決賽也很讓人期待對吧！我當然也很期待！可是啊，你們不覺得既然要看，就要看天狼星跟雷烏斯使出全力打一場嗎！』
在我治療肩傷的期間，傑基爾借來魔導具跟觀眾解釋。
如大哥所說，傑基爾很會炒熱氣氛，聽見他這麼說，觀眾們也同意了，願意等我恢復。
「謝謝你，傑基爾。這樣雷烏斯就能慢慢休息。」
「別客氣，我也想看你們認真打，幹麼跟我道謝。但只多這麼點時間夠嗎？」
簡單地說，休息時間只延長到兩倍。
通常不可能完全恢復體力，對我和大哥來說卻相當足夠。
「沒問題，那快走吧。」
「喔！」
我們和跟在後面的傑基爾一起來到鬥技場的治療室。

我立刻卸下裝備，躺到床上，在隔壁床休息的貝奧爾夫納悶地看著我。

「雷烏斯，你怎麼了？你贏了……對吧？」

「嗯，贏了啊。那晚安。」

「咦？等一下!?」

時間寶貴，所以我讓大哥跟貝奧爾夫說明，閉上眼睛。

「……事情就是這樣。然後，我有件事想麻煩你們……」

「我會盡量幫忙。」

「嗯，儘管開口。」

本以為還撐得下去，跟傑基爾的戰鬥果然耗掉我不少體力。

放鬆全身的力氣後，睡意緊接著襲來，我拿大哥的聲音當搖籃曲沉沉睡去。

「……烏斯。雷烏斯，起床了。」

「……嗯？」

身體被搖來搖去的感覺令我醒過來，從床上坐起身，一面伸了個大懶腰。

我稍微動了下身體，確認狀態，別說異狀了，連疲勞都消失殆盡。能恢復得這麼快，八成是因為大哥在我睡覺的時候對我用了魔法。

總而言之，我現在精神跟剛睡醒一樣好。

「雷烏斯，你醒啦。身體還好嗎？」

「莉絲姊？妳怎麼在這裡……大哥呢？」

「他好像已經在等候室等了。傷口怎麼樣？會不會怪怪的？」

「沒事。狀況絕佳，簡直像睡了一大覺咧。」

多虧有莉絲姊幫我治療，睡前只簡單處理過的傷口徹底癒合了。

我下床做起暖身操，詢問莉絲姊現在的時間，她告訴我比賽即將開始。

是說這個房間只有選手和相關人員進得來，莉絲姊為什麼會在？

「天狼星前輩知會過工作人員，所以他們特別允許我進來。他說我會用治療魔法，一下就說服他們了。」

「莉絲小姐的魔法真的好厲害。我覺得身體變得比以前還要好。」

在隔壁床的貝奧爾夫身上的小傷統統痊癒，不只這樣，氣色也變好了，看來莉絲姊也有幫他治療。

「呵呵，謝謝誇獎。貝奧爾夫已經可以下床了，不過今天不准再勉強自己囉。」

「是、是的……」

咦？貝奧爾夫臉怎麼紅紅的……不可以喔，莉絲姊是大哥的！

「哦……真的睡一下就恢復了，你的身體到底是什麼構造？」

「咦，傑基爾也在啊？」

「一直都在！你的大哥託我在這邊監視，免得你被人怎麼樣。」

他實在太安靜，所以我沒發現。傑基爾坐在房間角落的椅子上，傻眼地跟我解釋。

如果有人為了賭盤想讓大哥贏，企圖對我下手，希望能幫忙保護我——聽說大哥是這麼拜託他們的。

我很驚訝原來還有人會幹這種事，但無腦的人到處都是，傑基爾也覺得有可能，便答應大哥的請求。幸好沒出現那種爛人。

「順便跟你說，你的大哥說他現在不是你的師父，而是對手，最好不要待在你身邊。做得真徹底。」

「可見他是認真的。天狼星先生可是連我都毫無勝算的強者，要是他認真起來，真不知道會有多厲害。」

沒錯，大哥現在是我的敵人。

他特地幫我安排這個機會，不能讓大哥失望。

「工作人員同意了，所以我會待在擂臺附近，小心別受嚴重到沒辦法治療的傷喔。不過跟你講這些可能也沒用。」

「有莉絲姊在就可以不用顧慮那麼多了！」

「唉……這孩子真讓人頭痛。是不是該把艾米莉亞也帶過來？」

莉絲姊嘆著氣無奈地苦笑。雖然對莉絲姊不太好意思，我已經做好最慘會廢掉一隻手的覺悟。

幸好姊姊沒來，不然她可能會發現我在想什麼。

我偷偷在心裡鬆了口氣，發現貝奧爾夫露出有點不爽的表情：

「雷烏斯，不可以給莉絲小姐添麻煩喔。」

「先跟你說，莉絲姊未來會成為大哥的老婆，是我的姊姊。不會讓給你的！」

「什麼!?」

「雷烏斯!?你怎麼突然說這個！」

「哈哈哈！你們幾個真有趣。」

我在熱鬧的治療室中穿回脫下來的裝備，跟大家一起走向擂臺。

我跟路上遇見的工作人員報告我已經恢復，來到場內，有兩位選手正在比賽。現在在舉辦淘汰賽沒對上的選手的特別賽，大概是覺得讓觀眾等兩個小時很不好意思吧。

贏了也不會有獎品，但可以測試實力，所以有滿多選手自願參加，場面挺熱鬧的。

比賽在我出現的同時分出勝負，勝者高興地舉起手。那是……在第一輪跟大哥打過的槍兵。

『哥德金選手獲勝！面對那精湛的槍術，對手也束手無策。啊……終於來了嗎？讓各位久等了。雷烏斯選手回來了，決賽即將開始！』

噢，現在不是關心其他選手的時候。等等就要上場，得集中注意力才行。因為跟大哥對決的時候，一瞬間的大意都可能害我輸掉。

「但願你的下場不會跟我一樣。」

「讓我見識一下你會怎麼跟他戰鬥吧？」

「呃……那個，總之加油。」

「嗯，那我走了！」

莉絲姊好像怪怪的……算了，八成只是在擔心我受傷。

『雷烏斯選手，請到擂臺上！』

被叫到的我走上擂臺，來到中央附近，默默閉上眼睛。

沒問題……我很冷靜。

不曉得我現在能跟認真起來的大哥拚到什麼地步……總之不能辜負他的期望。

『我想雷烏斯選手的實力已經不需要說明了。力氣大到足以砍斷傑基爾選手的大劍的雷烏斯選手，對上敏捷的天狼星選手會如何應戰？真令人期待！』

沒錯，管它什麼比賽和觀眾。

我要做的只有將全力展現給一直遠遠看著的大哥看。

『接著輪到天狼星選手進場！』

——!?

這個瞬間……我連呼吸都忘了。

不只是我，觀眾也感覺到異常，幾乎每個人都嚇得不寒而慄，摩擦身體，看起來像在害怕什麼，坐立不安的。

原因……明顯是大哥。

大哥慢慢走上擂臺，他越是靠近，我的身體就開始不受控制地發抖。

總是溫柔守護我們的那個大哥，釋放出彷彿要把我殺掉的殺氣。連沒有直接面對這股殺氣的觀眾都會畏懼。

宛如一把劍抵在脖子上的殺氣，讓我想到以前在故事書中看過的死神。

「……為什……麼？」

話講不清楚。

為什麼……為什麼帶著那麼強烈的殺氣？

我愣在原地，大哥走到我面前，用看待敵人的眼神盯著我說：

「雷烏斯，這是場境界更高的戰鬥，給我帶著殺意放馬過來。」

啊啊……原來如此。

我的覺悟不夠。

什麼拿出全力啦、廢掉一隻手啦……這麼天真是不行的。

不帶著要殺死大哥的決心戰鬥，會是我被殺掉。

我的本能……告訴了我。

「…………大哥。」

吐出來的氣……又粗又重。

上一次覺得大哥這麼可怕，是小時候離家出走的那時。

我害怕身為詛咒之子的自己，逃到外面，大哥揍了我一頓阻止我，當時我真的以為會被殺掉。

所以有一陣子我很怕大哥，知道大哥的溫柔後就不怕了。

擅自行動、偷吃點心的時候，大哥常常罵我，可是並沒有恐怖到跟那個時候一樣讓我發抖。

大哥在學校迷宮發火的那一次不是針對我，我反而覺得他很可靠，更加崇拜他。

如今，大哥的殺氣正對著我。

為了訓練我遇見強敵時也不會害怕，大哥常對我釋放殺氣，但這不是訓練，是貨真價實的。等級……差太多了。

『啊……呃……』

播報員姊姊好像也被大哥的殺氣嚇到，講不出話來。

播報員不宣布，比賽就不會開始，照理說觀眾也該不耐煩了，可是他們同樣被殺氣震懾住，一聲不吭。

我沒有將視線從大哥身上移開，拚命控制身體不要發抖。

「……繼續等下去，比賽大概也不會開始。要直接開打嗎？」

不只殺氣。那個像爸爸一樣溫柔可靠的大哥，看起來判若兩人。

他在故鄉對畏懼魔物的姊姊露出的眼神，就是這個吧。沒想到這麼可怕。

萬一被大哥討厭，他就會用那種眼神看我，用那種語氣對我說話。

我……死都不要。

「怎麼了？這點殺氣就怕了嗎？」

我不要這樣，不想讓大哥對我失望，所以……我鼓起勇氣。

明明沒惹到大哥，他卻對我釋放殺氣……代表他在測試我。

這也表示他開始承認我了。

因此……

「唔喔喔喔喔喔喔喔——————！」

我拿著劍放聲大吼，驅散恐懼。

別害怕。將害怕……將恐懼也轉變成自己的力量！

大哥不是教過我嗎？會害怕是因為感覺到敵意，可以利用這點避開危險。

運用大哥教我的知識，拿出我的全力給他看……現在要做的只有這件事！

『……啊!?非、非常抱歉！天狼星選手的殺氣害我不小心看呆了！雷烏斯選手似乎也幹勁十足，我想比賽可以開始了。那麼命運的決賽……開始！』

聽見我的吼聲，播報員姊姊發現自己在發呆，急忙宣布比賽開始。

銅鑼響起，在我集中力量準備揮劍時，大哥已經逼近到只離我幾步的地方。他還是老樣子，速度快到不行。

論速度肯定比不過大哥，因此我站在原地等他。

「大哥，我上了！」

大哥幾乎在我揮劍的同一時間拔出小刀，但我早就預料到他會攻來，動作應該是我比較快。

然而，我一點都不覺得砍得中大哥，便在揮劍途中放開一隻手，反手往背後擊出拳頭。

下一刻，繞到我背後的大哥的小刀和我的手甲撞在一起，發出鋼鐵撞擊聲。

「唔……你預測到了嗎。」

「唔！」

雖然我遵循直覺行動，順利防住這一刀，大哥的目標無疑是我的脖子。他的小刀是銳利的祕銀製，萬一我用的是鐵製手甲，搞不好整隻手都會被砍斷。多虧我的手甲也是祕銀製才擋得住。

我打算就這樣把小刀彈飛，使勁壓過去，大哥卻早我一步傾斜刀身，讓我的手滑開，然後扭動身子朝我踢過來。

我蹲下來閃過瞄準臉部的這一腳，轉身拿劍由下往上砍，可惜被大哥用「空中踏臺」跳起來躲過。

本以為他要順勢跟我拉開距離，大哥卻收起小刀，這次拿出迪哥給他的劍。看來這就是所謂的「重整態勢」。

『咦……天、天狼星選手剛才是不是在空中做出神祕的動作？總、總之，我在他跟貝奧爾夫選手的對決中也看過同樣的技術。面對天狼星選手瞬間繞到對手身後的招式，雷烏斯選手靠劍跟拳頭不讓他接近！兩位選手究竟受過多少訓練！』

我對換成從正面進攻的大哥使出散破，果然連一招也沒中。不是像跟貝奧爾夫交手時那樣，用劍或小刀擋掉，大哥光憑身體動作就躲開了。

大哥趁我射出六道斬擊的瞬間刺過來，我拿劍當成盾牌抵禦攻擊。我刻意讓揮劍的動作不要那麼大，減少露出的破綻，再加上大劍劍身較寬，才來得及防禦。

我繼續將劍擋在身前，撞飛大哥。

「來這招嗎？」

「還沒完呢！」

我用單手揮劍，再用另一隻纏繞火焰的拳頭追擊，大哥在空中調整好姿勢，將手掌對著我。

「『衝擊』。」

「『炎彈』。」

把火焰從拳頭上射出去的「炎彈」是我自創的魔法，跟大哥的「衝擊」撞在一起，引發劇烈的爆炸。

暴風同時捲起沙塵，害我什麼都看不見，但我毫不顧慮衝向前方，朝大哥應該在的地方砍……沒有砍中的手感。

「!?在那邊嗎！」

我憑藉直覺與氣味搜尋大哥的位置，一邊預測他的行動，一邊揮下大劍。沙塵被劍壓吹散，蹲下來閃躲攻擊的大哥現出身影。

大哥維持那個姿勢，像在地上爬行似的朝我逼近。我抬腿用力一踢，防止他靠近我。

「……好痛!?」

本以為大哥會閃掉，他卻用手擋住我的腳。

就算我現在姿勢不穩，「增幅」狀態的我可是能輕易將人踢飛，大哥竟然隨手就擋住了。而且我的腳還比較痛，為什麼？

不對……從腳底傳來的衝擊判斷，大哥迅速發動「衝擊」，抵消了踢擊的威力。

在想到原因的時候……

「啊……嗚!?」

肚子被大哥揍了一拳。

我瞬間懷疑肚子是不是開了個洞。這一擊把我揍飛出去，在擂臺上滾了好幾圈。

痛歸痛……這點程度我早已做好覺悟，還可以忍受。

我重整態勢，剛停下就用兩隻腳站起來……與此同時，脖子被什麼東西勒住了。

意識到那是大哥的手臂時，我已經被他絆倒，背部朝下摔在地上。

『天狼星選手不但追上飛出去的雷烏斯選手，還將他摔在地上。是說，天狼星選手是不是一直在提升速度啊！』

糟糕……大哥的攻擊太激烈了。

我勉強做出防禦動作，減緩衝擊，大哥卻對還在咳嗽的我伸出手。

「!?」

儘管我還沒喘過氣，現在可不能繼續躺在這裡。

我急忙拍了地面一下，靠反作用力跳起來，就在這時，大哥又用「衝擊」靠餘波把我震飛。

但我再度起身，勉強在出界前站穩腳步。

幸好這招順便讓我們拉開一大段距離，大哥沒有繼續追擊，我終於可以調整呼吸。

「咳！呼……呼……好險……」

前一刻還盯著地板看的大哥轉頭望向我，目光依然冰冷。

透過剛才的攻防戰，我稍微體會到大哥的真本事了。

要是我沒有用「增幅」強化身體，要是我因為平常就習慣挨揍，沒有做出防禦動作，肯定會昏——不對，搞不好會死。他的攻擊就是這麼強力。

尤其是那個足以轟碎擂臺的「衝擊」，被直接打到八成會失去意識。

『好、好像可以喘口氣了。天狼星選手的魔法，威力與速度看起來相當驚人。我快被他迷死了！』

「已經沒招了嗎？」

「怎麼……可能！」

調整好呼吸的我忍受著全身上下的疼痛，朝大哥飛奔而去。

我非常明白跟大哥的實力差距。再這樣下去，不管我怎麼打，大哥八成會冷靜化解我的攻擊，一面反擊。勝算趨近於零，從剛才的攻擊看來，還很有可能死掉。

我不打算留下大家一個人死掉。

如果覺得贏不了，大可故意出界或投降。

可是……我絕對不要一事無成地結束比賽。

就算攻擊統統被躲過，只要身體還能動，就不能放棄。

就算大哥那麼強，就算他跟我的等級相差那麼多……大哥和我一樣是人類。只要他不小心太大意，或是我的攻擊有那麼一瞬間超出大哥的預料，照理說絕對打得中他。

「不過……該怎麼做？怎麼做才能打中大哥？」

在我思考的期間，大哥照樣會進攻，因此為了多少掌握一些優勢，我不斷發動攻擊。

我衝到大哥身前，邊揮劍邊用拳頭攻擊，大哥卻輕鬆防禦住，瞄準微小的空隙對我又踢又揍。

雖然能用手甲抵掉一些威力，大哥的攻擊隔著手甲都能撼動全身，逐漸磨掉我的體力。

單論力氣明明是我占上風，大哥卻靠我完全比不上的「增幅」調整技術撥開我的攻擊，將受到的衝擊控制在最低限度。

再加上他還會用貝奧爾夫的陽炎，製造出兩個殘像進攻，但我始終朝直覺告訴我的方向揮劍。

這不是在亂砍。我的直覺好像和大哥不一樣，特別敏銳，事實上大哥的確就在我瞄準的方向。

我現在能勝過大哥的，只有力氣與直覺。託它們的福才勉強能跟他打，可是這樣下去，遲早會被幹掉。

「想騙過你果然有難度。」

即使位置被我發現，大哥依然很冷靜，不但跳起來躲過我的劍，還發動「空中踏臺」在空中用三角跳躍接近我，拿小刀攻擊。

我勉強用手甲防住，大哥卻迅速繞到我背後。我邊往後面打邊轉身，結果拳頭又被躲開了。

「慢慢耗光你的體力好了。」

大哥在我轉身的瞬間出拳，我想用劍防禦，可惜太遲了，拳頭深深陷進體內。

我的好夥伴當盾牌的次數已經比當劍用的次數多，即使如此，我還是不停止攻擊。不能停。

在找到大哥的破綻前，只能持續進攻。專注在防禦要害上，不斷揮劍揮拳，無論會被打中多少次。

『雷烏斯選手大膽進攻，可惜敵不過天狼星選手的猛攻，慘遭痛毆。不過……雷烏斯選手並未因此倒下！除了身體耐打外，應該已經是靠毅力在撐了！』

大哥閃開我的踢擊拿小刀反擊，我試圖用手甲防禦，他卻瞄準手甲沒覆蓋住的部分刺，噴出大量的血。

「唔⁉這不算什麼！」

我忍痛揮動大劍。

也就是犧牲左手攻擊，然而，大哥輕而易舉地閃開，腿像鞭子一樣往我的側腹踢。

來不及……防禦。

看我硬撐過去……嗚⁉

『雷烏斯選手！再度被天狼星選手——』

糟糕……比想像中更……

※　※　※

『贏過那傢伙的方法？老夫才想知道咧！』

『爺爺不是贏過大哥嗎？』

『是沒錯，但那只是老夫運氣好。而且那傢伙戰鬥時會經常想好下一步，同樣的招式大多不會管用。』

『爺爺不也一樣嗎？欸欸欸，有辦法贏過大哥的話快告訴我，什麼都可以！』

『這個嘛。你小子還太嫩……真要說有什麼方法，就是種族造成的能力差距，和你的成長超越了那傢伙的想像。』

『我的成長？』

『嗯。只要你不秀給他看，那傢伙就不會知道你變得多強不是？所以只能一口氣展現出他不知道的那部分偷襲他。』

『都是大哥在訓練我，他怎麼會不知道。』

『你不是還有跟老夫學劍？只把精華部分拿出來用，加上點自己獨創的用法就行。現在是不可能啦，不過只要你堅持不懈，遲早有一天追得上那傢伙吧。』

『真的嗎！可是在那之前我得先打倒你對不對？』

『哈哈哈！你小子真敢說。有種放馬過來！』

※　※　※

『欸，爺爺。你跟大哥再打一場的話贏得了嗎？』

『……有困難。對上能正面接下我必殺技的人，我不知道該如何應戰。』

『果然嗎？如果有什麼提示就好了。』

『你想打倒天狼星？』

『不是啦。我想和大哥並肩作戰，可是這樣的話，我得變強到至少能打中他一擊吧？』

『呵呵……原來如此。我會盡量幫忙。因為我還沒為你們做過什麼。』

『真的嗎，爺爺！』

※　※　※

「雷烏斯，給我振作點！」

突然聽見姊姊的聲音，加上摔在擂臺上的衝擊，使我回過神來。

大哥那一腳好像害我暫時失去意識，我不停在擂臺上翻滾，快要滾出去了。

「還……沒……結束！」

我將還握在手中的好夥伴刺進地上，在出界前一刻成功煞住。

參雜在歡呼聲中的聲音令我抬起頭，看見姊姊從觀眾席探出身體，對我大叫。

「這不是你自己選擇的道路嗎！什麼都沒改變就讓比賽結束，對天狼星少爺也很失禮！」

沒錯……這樣下去不就只是平常的訓練再激烈一點嗎？沒有任何變化。

一擊就好。

要讓大哥見識我成長後的力量！

我用劍撐起身體，大哥拿著刀子等我。他好像笑了一下……是錯覺嗎？

『還以為剛才那一擊肯定會把雷烏斯選手打出界，他竟然在千鈞一髮之際撐住了！可是，雷烏斯選手怎麼看都到極限了。他究竟有何打算!?』

剛才浮現腦海的，是小時候跟萊奧爾爺爺學劍時的對話，還有幫爸爸媽媽報仇的隔天早上，和加布爺爺說過的話。

我問爺爺他們怎樣才打得贏大哥，結果什麼收穫都沒有。

雖然不曉得為什麼會夢到那件事，拜這個夢所賜，我想起來了。

我還……有其他辦法。

『雷、雷烏斯選手拿起了武器！從哪個角度看都遍體鱗傷的雷烏斯選手，似乎還想繼續戰鬥！』

體力耗盡了，但魔力……還有剩。

我連說話的力氣都不想浪費，只是擺出剛天的架式，等待大哥進攻。

「……好吧。」

大哥明白我的意圖，壓低身子，用要給我最後一擊的氣勢殺過來。

『剛破一刀流是將力量全數灌注在劍上砍下去的流派。明知砍不中也無所謂，使出全力砍下去就對了！』

大哥直線衝向我，我對著他……

「喝啊啊啊啊——！」

全力揮下大劍。

劍刺進地面，餘波震得整個擂臺都在搖晃。

大哥的姿勢因此亂掉一些，但他毫不在意，竄進我身前準備擊出右拳。

「大哥——！」

剛剛那劍是假動作。

打到擂臺純屬意外，我只是想稍微分散大哥的注意力。

與此同時，我放開大劍，將魔力全集中在右手，舉起拳頭。我真正的目標……是這個。

『聽好了。將所有的魔力集中在右拳上，攻擊時只想著打穿對手。那就是我的必殺技——』

「銀色——」

「太慢了！」

然而，在我攻擊前，大哥那連岩石都能擊碎的拳頭打中我的要害。

這麼強力的一擊肯定會打暈我，絕對不會用在訓練上，不過……

「嗚!?」

「呃……嗚……之牙！」

我仍然保有意識。

大哥察覺到發生什麼事時，爺爺教我的必殺技已經快要打中胸口。

若是以前的我，想必會被一拳揍昏。

但我模仿昨天見識到的柯恩的技巧，用左手打偏大哥的拳頭，勉強撐過去。

我只有讓拳頭偏移要害一點而已，其實算不上成功，不過我並未失去意識，集中在右手的魔力也沒散掉，這樣就夠了。

「呵……」

這時……大哥笑了，我卻沒心情管這麼多。

大哥站在地上，就算我直接使出必殺技，衝擊也會被抵消掉，無法造成多大的傷害。

也許，能讓大哥笑出來就夠了。我覺得即使我下一刻就倒在地上，大哥也會誇我表現得很好。

可是……我還……

『雷烏斯，你聽好。你的武器不只手上的劍，要將自己的全部化為武器。拳頭和魔法，把能用的統統用出來，盡全力打倒對手。』

不能倒下！

右手必須瞄準大哥的胸口，雙腳必須牢牢踩在地上，不能自由活動，可是……我還有左手！

我在右拳命中目標的瞬間，將左手伸到背後……

「『衝擊』──！」

使出威力比不上大哥，要轟飛一個人倒是綽綽有餘的「衝擊」。

用所剩無幾的魔力釋放的衝擊波把我推向前，在右拳上施加更多力量。

「唔!?」

大哥瞇起眼睛，看起來有點慌張，大概是從那個位置看不見我伸手的動作。

他立刻跳向後方，但我用整個身體撞過去，所以大哥放棄迴避，選擇承受攻擊。

「喝啊啊啊啊啊啊啊——！」

體力及魔力都見底了，這真的是最後一擊。

我擠出最後一絲力氣使勁揮拳，打在大哥用來防禦的左臂上，將他揍飛出去。

拳頭傳來的觸感告訴我。

這一拳……確實打中了！

『打……打中了！過了這麼久，雷烏斯選手終於打中天狼星選手，把他打得遠遠的！』

「成功……了!?」

在歡呼的瞬間，我的身體跟著飛出去的大哥、像被拉過去似的——不對，是真的在被大哥拉過去!?

腹部傳來勒緊的感覺，使我明白大哥的「魔力線」綁在我的肚子上。

都被打飛出去了，大哥還有辦法反擊嗎？

真是……還以為總算中了一擊，結果給我來這招。

「這才是……」

……我視為目標的大哥。

身體已經沒有任何力氣，無法抵抗，只能乖乖被大哥拉走。

我望向前方，看見大哥已經站穩在地上，握著拳頭。

快要昏過去的我在心裡祈禱最後一擊盡量不要太痛，閉上眼睛。

「…………咦？」

然而，怎麼等都等不到大哥的拳頭，也沒有遭受攻擊。

我睜開眼睛確認，發現大哥讓我躺在擂臺上。看來他不但沒有揍我，還溫柔接住了我。

大哥蹲下來看著意識不清的我。

他雖然還是一樣面無表情，似乎不打算再對我做什麼了。我放心地鬆了口氣，大哥摸著被我打中的部位說：

「被你打中的左手，骨頭似乎裂掉了。當然，你今天的表現還有很多問題，不過——」

不久前還判若兩人的大哥……

「幹得漂亮，雷烏斯。」

對我露出一如往常的溫和笑容。

「因為……我是……大哥的徒弟嘛。」

看見大哥的笑容，我滿足地失去意識。

《各自的理由》

——天狼星——

『終於分出勝負了！由於雷烏斯選手昏了過去，勝利的是天狼星選手！今年鬥武祭的冠軍決定了！』

播報員激動不已，宣布比賽結束及最後的冠軍，觀眾席響起足以撼動整座鬥技場的歡呼聲。

照理說，我該回應這陣震耳欲聾的歡呼聲，卻先對倒在地上的雷烏斯發動「掃描」。

身上有無數刀傷，到處都是雖然沒整根斷掉，卻布滿裂痕的骨頭。虧他有辦法在這種狀態下跟我纏鬥這麼久。

好吧，我想說的是……

「……我做得太過分了。抱歉。」

應該手下留情一點，可是雷烏斯比想像中強，不好拿捏分寸。看來是因為雷烏斯的成長害我太高興，不小心認真過頭。

對他殘酷到這個地步，甚至帶著殺氣跟他戰鬥的原因有很多，最重要的是我想看他成長到了什麼地步。

本來覺得只要他不會被我的殺氣嚇到，能夠全力應戰即可，結果他竟然把我左手的骨頭都打裂了。痛歸痛，雷烏斯出乎意料的成長卻令我忍不住揚起嘴角。

這個年紀就擁有如此實力，未來肯定能超越我。不過我的專長在奇怪的方面，跟直接的強度沒什麼關係就是了。

我邊想邊用再生能力活性化幫雷烏斯治療，莉絲和工作人員一同趕過來。

「天狼星前輩！雷烏斯狀況如何？」

「沒有生命危險。嚴重的傷口都處理好了，剩下就麻煩妳囉。」

「交給我吧！」

「那個，我們也──」

「沒關係，我一個人就夠了。水啊，請將力量借給我……」

莉絲一發動治療魔法，有治療功效的水就包裹住雷烏斯的全身，洗去髒汙，治癒傷口。

傷口癒合的速度快到工作人員大吃一驚，這時慢了一步的傑基爾和貝奧爾夫也走到我旁邊。

「嗨，先恭喜你獲得優勝。你的力量遠遠超出我的預料耶。」

「恭喜你。該怎麼說呢，現在想起來真令人羞愧，我之前居然自以為贏得過你。」

貝奧爾夫確實說過「努力讓我拿出真本事吧」之類的話。難怪他要苦笑著搔頭。

兩人恭喜我之後，貝奧爾夫看著在接受治療的雷烏斯，面露疑惑。

「想問個問題，天狼星先生是怎麼變得這麼強的？」

「我也想問。雷烏斯受過強得跟怪物一樣的你的訓練，還可以理解，但你自己是怎麼練成這樣的？教我點訣竅吧。」

「我也想知道！」

突然有人從旁插嘴，我轉頭一看，負責轉播比賽實況的播報員拿著魔導具湊過來。

年紀大約二十出頭，長得很漂亮，會自然而然吸引男性的目光，再加上一舉一動都莫名性感，能理解她為何那麼受歡迎。然而她一激動就會打開開關，失去控制，因此我不太想靠近這人。

「呃……妳不用工作嗎？」

「因為等等是頒獎典禮，會問您幾個簡單的問題。話說回來……在這麼近的距離一看，真讓人受不了！一想到這纖細的身軀潛藏著如此驚人的力量……就覺得好興奮！不介意的話，可以請您用那雙強壯的手臂抱緊我嗎？」

「不、不行！」

播報員兩眼發光，喘著氣逼近我，莉絲從旁邊衝過來，一把抱住我的左手。

「莉絲，有點痛，麻煩妳輕一點。」

「啊!?對、對不起！」

痛我還可以忍受，出於嫉妒抱住我也沒關係，但真沒想到她會丟著雷烏斯不管。

不過治療差不多結束了，之後只要安靜休養即可。現在工作人員正準備用擔架把他抬走。

「哎呀，難道您就是資料上說的戀人？所謂英雄好女色，不覺得有一兩個女人應該睜一隻眼閉一隻眼嗎？」

「不好意思，包含她在內我有三位戀人，所以恕我不能抱妳。」

「什麼!?已、已經有三位了……鬥武祭冠軍就是不一樣。」

鬥武祭冠軍跟戀人數量有什麼關係？順帶一提，莉絲在專心對我的手臂用治療魔法，沒在聽我們說話的樣子。

她們沒有吵起來使我鬆了口氣，可是傑基爾在旁邊竊笑著吹口哨，看了就煩。

貝奧爾夫則明顯很難過，頻頻嘆氣，真希望頒獎典禮快點開始。

「請問頒獎典禮什麼時候開始？觀眾都在等吧。」

「對、對喔！頒獎典禮上會問您一些問題，請您在不會造成不便的範圍內回答。」

「用這個對吧。」

播報員交給我的魔導具上，刻著她用來轉播比賽實況的「風響」魔法陣，注入魔力就能當麥克風或擴音器用。

負責為魔導具注入魔力的工作人員就在旁邊，但我用自己的魔力就夠了，便拒絕工作人員的協助。

「不好意思，可以請其他人先離開嗎？」

「沒問題。我來看著雷烏斯，你放心去領獎唄。」

「拜託你了。」

「別客氣，跟那傢伙打了一場，我也很滿足。走了，貝奧爾夫，你要在這發呆到什麼時候？」

「唉……知道了。」

賭雷烏斯獲勝的人可能會趁他睡著對他怎麼樣，以發洩怒氣，有人在一旁監視真的幫了很大的忙。

他們跟著被抬走的雷烏斯走下擂臺，莉絲卻抓著我的手不放。

「麻煩你去照顧雷烏斯。他的傷還沒治療完吧？」

「可是，你的手臂還沒治好。」

「我傷勢沒那麼嚴重，我會在頒獎典禮上順便用魔法治療。」

「……我明白了。不過，請小心那個人喔。」

儘管疼痛緩解了許多，就算有莉絲的治療魔法，也沒辦法連骨裂都馬上治好，我希望她現在專心治療雷烏斯。

莉絲勉為其難放開我，離開時還不停回頭看我。確認她走下擂臺後，我催促播報員快點舉行頒獎典禮，然而……

「傑基爾選手的肌肉和貝奧爾夫選手美麗纖細的身體……受不了！」

「喂——回來啊。」

「啊!?失、失禮了。那麼要正式開始囉。」

她的注意力不曉得飄到哪去了，但回過神的瞬間，播報員就立刻啟動魔導具，我也跟著照做。

『讓各位久等了，鬥武祭的頒獎典禮即將開始。』

冠軍出現，觀眾們相當激動，我發現特別多女性觀眾對我投以熱情的視線。或許是因為這座城市有鬥技場，自然也會有比較多容易被強者吸引的女性。

『本屆冠軍是冒險者天狼星選手！在此將獎金金幣二十枚頒發給他。』

我接過的袋子雖然小，換算成上輩子的錢有兩百萬，所以也很足夠。這樣就能幫菲亞買魔石了。

『今年跟剛劍先生曾經參加過的比賽同樣熱鬧。那麼接著想對冠軍天狼星選手提出幾個問題。』

播報員問了我的出身、興趣等等，我都給予基本的回答。

『這個問題每位冠軍都會被問到，請問天狼星選手是怎麼變得這麼強的？如果有困難，當然不會勉強您回答。』

『這個嘛。首先是要知道自己的限度在哪，不停把自己逼到極限。然後就是該休息的時候要好好休息。』

『休息嗎……？』

『身體不是只能靠鍛鍊，藉由休息讓身體恢復，也能得到巨大的成長。不至於搞壞身體的適度訓練，以及充分的休息，對我而言這就是基本。』

『有點意外的答案。因為剛劍先生只說了句「總之練劍就對了」。』

『還有……隨時保持萬全狀態吧？正因為在旅館休息過，我才能在比賽中發揮全力。』

雖然應該沒有人會再威脅風岬亭，我還是幫它宣傳一下，以抵消之前傳開的負面流言。

用不著提到名字，大家遲早會知道那是身為冠軍的我住過的旅館，慢慢恢復人氣吧。

除此之外，播報員還問我具體的訓練方法，我便舉了些在艾琉席恩學園也提過的例子，觀眾大部分都聽得啞口無言。

有人說「怎麼可能做得到」，有人說「他只是想炒熱氣氛吧」，然而做過這些訓練的學生都有拿出成果，又有我和雷烏斯這個完整的案例，怎麼會做不到呢。

『我好像明白天狼星選手這麼強的理由了。最後，您有沒有什麼話想對大家說？』

『那麼就一句話。為了增廣見聞，我正在環遊世界的途中，不打算到別人手下做事。因此我想先告訴各位，任何人的邀請我都會拒絕。』

都有專門給貴族坐的座位了，觀眾之間當然也有貴族，很可能在比賽結束後來籠絡我。

在艾琉席恩的時候，莉絲的姊姊莉菲爾公主用了些方法幫我化解這個問題，但這裡是不同的大陸，還是講清楚為妙。

『若有人直接採取行動，或是對我的同伴、戀人出手……我也不會跟你們客氣。我已經事先聲明了，請各位三思而後行。』

最後，我向四周釋放殺氣，嚴正警告他們。

只要宣布我受到艾琉席恩下任女王的庇護，也許一下就能搞定，不過這麼做可能會給那個人添麻煩，必要時刻我才打算祭出這招。

但我只打算再在這裡待幾天，說不定根本沒必要擔心這麼多。萬一有人堅持要來找碴，就當成名人稅，拿他們殺雞儆猴吧。

『啊……呼……天狼星選手的殺氣近在身前……我、我不行了！那個，您好像已經有好幾位戀人，請務必把我也──』

『我拒絕。』

『啊嗚!?』

這樣搞得很像我在挑女人，我也不願意，可是我怎麼想都覺得自己跟她合不來，便直截了當地拒絕。

播報員因為被我甩了，受到打擊，臉上卻立刻浮現笑容，迅速復活。

怎麼說呢……真專業。性格雖然有點那個，唯有切換速度快這點我想稱讚幾句。

『我一秒就被甩了。那麼今年的鬥武祭到此結束。各位，我們明年再見！』

最後由觀眾如雷的掌聲，為鬥武祭劃下句點。

「恭喜您，天狼星少爺！」

鬥武祭結束，大部分的觀眾都踏上歸途時，我來到觀眾席找夥伴們。

艾米莉亞一看見我就搖尾衝過來，雙手交握於胸前，用閃閃發光的眼睛看著我。

「我深信天狼星少爺一定會獲得優勝。這才是我的主人。」

「謝謝妳。但我好像跟小時候一樣，不小心對雷烏斯做過頭了。抱歉。」

「不，您無須在意。雖然感覺有點複雜，能看見雷烏斯的成長，我也很高興。更重要的是，那孩子應該也希望如此。」

雷烏斯好歹是她有血緣關係的弟弟，艾米莉亞的態度實在有點太嚴厲，不過這也是她理解我們的證據。我摸摸艾米莉亞的頭，她瞇起眼睛，尾巴搖得都快掉下來了，喜悅之情表露無遺。

「不好意思，還麻煩妳這麼多事。要在人那麼多的街上跑來跑去很累吧？」

「不會的。而且這樣還能訓練在人群中移動。」

其實，在跟雷烏斯比賽前，我來過這裡一趟，交給艾米莉亞一個任務。

我拜託她回風岬亭，請員工準備開慶功宴。因為當時已經能確定冠軍、亞軍是我和雷烏斯。

錢我也先給了，現在他們八成在忙著採購。

「嗷嗚……」

「呵呵，如我所料。恭喜你。」

艾米莉亞移動到她的固定位置——我身後，接著輪到北斗及菲亞來到我面前。

「謝謝。這邊看來沒發生什麼問題，太好了。」

「比起我們，雷烏斯還好嗎？他傷成那樣，正常人死了都不奇怪喔。」

「別擔心，莉絲正在幫他治療，應該馬上就會醒來。」

我在來這裡前去看了雷烏斯，呼吸很穩定，莉絲也帶著放心的笑容。想必不會有事。

「雷烏斯一醒來就立刻回旅館對不對？今天要開宴會，我來做幾道菜給您跟雷烏斯。」

「真令人期待。其實我也想進廚房讓心情平靜下來，但在那之前……」

還有件事要做。

我看著開始整理擂臺的工作人員，發動「探查」，偵測到目標正在接近。

與此同時，在用頭蹭我的北斗對走道警戒起來，我摸摸牠的頭安撫牠。他們沒有直接見過面，以北斗的實力也能輕易撂倒那個人，可是牠似乎很不滿意那人對我這個主人的態度。

「喂──我把人帶過來囉。」

傑基爾從走道上走過來，不過他只是負責帶路的。

我要找的是後面那位……

「你來啦。」

導致我決定參加鬥武祭的齊格。

菲亞看見齊格，慌張地抱住我的右手。看來她徹底忘了齊格的存在，看到他本人才想起來，總覺得有點可憐。

齊格從傑基爾身後慢慢走出，一看到我們便露出不悅的表情站上前。

「艾米莉亞……」

「是，那我先回飯店跟賽西兒小姐他們一起準備，等您回來。」

「嗷！」

艾米莉亞和北斗理解了狀況，沒問理由就先回去了。完全不用我說明，是我引以為傲的忠臣與忠犬。

好了，趕快搞定這件事吧。

「……先以一名觀眾的身分恭喜你。」

「嗯。比起那個，你記得我們之間的約定吧？」

如果我打贏齊格的護衛傑基爾和貝奧爾夫，就別再糾纏菲亞。儘管我沒跟傑基爾對上，都拿到冠軍了，他沒資格再抱怨什麼。

齊格不甘心地瞪著我，但他給菲亞添了那麼多麻煩，我不打算跟他客氣。

「記得。你展現出如此強大的力量，我沒辦法再說你保護不了莎米菲亞小姐。」

還以為他會再堅持一下，沒想到這麼乾脆。

我有點意外，菲亞偷偷附在我耳邊問：

「怎麼回事？他之前那麼積極，不覺得有點差太多了？」

說自己是他的命運之人，那麼熱情示愛的對象，現在變成這副德行。

菲亞納悶地歪過頭，我卻對這種情況有印象。上輩子也看過這種人。

「我深愛著莎米菲亞小姐！可是，想到像你這麼強的人盯上她，我不認為我保護得了她。」

「你願意放棄她嗎？」

「我這種人沒資格保護莎米菲亞小姐，既然如此，我只希望她得到幸福。我就把她……託付給你了。」

「我什麼時候變成你的人了？」

菲亞說得沒錯，然而齊格徹底沉浸在自己的世界中，最好別去管他。只要他放棄菲亞就夠了。

「那你不准再對菲亞出手囉？」

「別瞧不起我！我沒有無恥到會不遵守約定。莎米菲亞小姐……請妳一定要得到幸福。」

「這還用說。天狼星可是我命中註定的對象。」

看見菲亞燦爛的笑容，齊格露出苦笑，轉過身去。

我目送因失戀散發出一股哀愁的齊格離去，默默在一旁等待的傑基爾苦笑著對我們說：

「雖然我不該講這種話，我覺得有問題的是我那位雇主，誰叫他不肯承認自己沒希望。你們別在意。」

「我明白，但他畢竟是喜歡上我的人，所以我有點不好意思。」

「妳真溫柔。哎，之後交給我吧，有個方法對那類型的男人很有效。」

「真的很抱歉，除了拜託你照顧雷烏斯，還麻煩你這種事。」

「別客氣，雇主不振作點的話，我就拿不到錢了嘛。」

「就算這樣，還是要跟你道謝。謝謝你。」

「哈哈哈！美女跟自己道謝果然讓人心情舒暢。那我走啦，你們倆慢慢享受。」

傑基爾帶著清爽的笑容對我們揮手道別，追上齊格。

等他走掉後，菲亞伸展了下身體，深深吐出一口氣，放鬆下來。

這樣齊格的問題就解決了……最後我想問菲亞一件事。

「唉……終於結束囉。」

「菲亞，我想再問妳一次。」

我的表情轉為嚴肅，看著菲亞的眼睛問。

「什麼事？啊，想吻我的話隨時可以唷。」

「那要在適當的場所吧。我想問妳，妳應該有感受到我跟雷烏斯比賽時散發的殺氣，妳不害怕嗎？」

弟子們從小就跟我在一起，就算見識過我的殺氣，仍然願意跟隨我……菲亞則不一定。

我可不希望我們兩情相悅，卻因為她害怕我，導致我們關係變尷尬。遇見菲亞時，我沒表現出這一面，因此儘管只有一部分，我想知道她對我的殺氣有什麼感想。

聽見我認真的問題，菲亞抬起手……

「嘿！」

往我額頭打下去。

不痛不癢，發出來的聲音倒挺響亮的。我摸摸額頭，菲亞笑咪咪地將臉湊近。

「我的答案是這個。」

然後……吻了我。

過了一會兒，菲亞慢慢離開，滿足地笑著握住我的手。

「老實說，你的殺氣確實很可怕，擁有我絕對敵不過的恐怖力量也很可怕。可是，我知道你不會被力量沖昏頭，懂得判斷該對誰使用這股力量。今天就是因為有那個必要，你才這樣對雷烏斯吧？」

「……嗯，妳說得沒錯。那是為了讓雷烏斯拿出全力，也是想讓妳更瞭解我。」

「果然。而且剛才我打你，你其實也閃得掉，卻故意不躲開對不對？這是你信任我的證據吧？」

「那當然。哪有人不信任自己的戀人。」

「所以囉。我跟你相處的時間還很短，不過，看那些孩子就知道你有多溫柔。你並不可怕，這就是我的回應。」

菲亞再度把臉湊過來吻我。

妳真的是偶爾十分熱情，什麼都能接受、心胸開闊的女性。

「我以前就覺得，自己在各種意義上真的敵不過妳。」

「雖然我力氣不如人，只有愛是不會輸給你的。當然也不會輸給艾米莉亞和莉絲。」

「還包括她們兩個啊。我不會叫妳們別吵架，但有問題要告訴我喔？畢竟歸根究柢都是我的錯，沒辦法從妳們之中選出一個。」

「放心吧，我們已經談過了，現在跟喜歡上同一個人的姊妹一樣。所以……你也要平等地愛我們喔。」

「嗯，我會努力讓妳們都過得幸福。」

接著我們走向治療室接雷烏斯，菲亞在途中想到什麼，拽著我的手臂問：

「啊，對對對。想要小孩的時候馬上跟我說。順帶一提，我希望至少生四個。」

我之前說過，由於現在在旅行途中，我不打算生小孩。

她們也同意了，然而……

「妳會不會有點太急？」

「因為我是妖精族嘛？總有一天會被你拋下。」

「喂喂喂……」

竟然輕描淡寫地講出這麼難以啟齒的話題。

人族的我和長壽的妖精菲亞，無疑會是我的壽命先走到盡頭。

我們都明白這點，還是選擇在一起。關於這件事，總有一天必須跟她仔細討論一下，想不到菲亞隨口就說出來了。

託她的福，這樣我也比較不會愧疚，得感謝菲亞這麼貼心才行。

「不過有很多小孩就能排解寂寞了吧？我會努力生，放心交給我吧。至於艾米莉亞，她想要一男一女，莉絲則希望第一胎是女生，生幾個倒不在意。」

雖然我早就做好覺悟了……看來最好再提升一個等級。

「到時我會加油。菲亞……我答應妳，絕對不會讓妳後悔跟著我。」

「嗯，我很期待唷。可是，我不打算當只會依賴你的女人。我也會努力成為能扶持你的好妻子。」

該守護的人增加了……但我要做的事不會改變。

我感受著手臂傳來的溫度，自然而然與菲亞相視而笑。

「那麼，為了紀念天狼星少爺和雷烏斯奪得冠軍亞軍……乾杯！」

「「「乾杯！」」」

當天晚上，我們回到風岬亭，跟在其他地方工作完的員工一起準備，在旅館的酒館召開慶功宴。

由好幾張桌子併成的大桌上，不只放著賽西兒做的料理，還有艾米莉亞和莉絲的，擺滿整張桌子。

參加宴會的包括我們及得到父母許可的卡琪亞。

「好好吃！這是什麼!?」

「那叫炸雞塊。別客氣盡量吃，我炸了很多。」

「嗯！可是，會不會太多了呀？媽媽也特別有幹勁，不小心做太多……吃得完嗎？」

「會嗎？我覺得這樣算少的耶？」

「啊……對喔。莉絲姊姊當然會覺得少。」

才認識幾天，卡琪亞也知道莉絲的食量了。

她露出一副了然於心的表情，和莉絲一起和樂融融地享用餐點。

艾米莉亞待在我身邊，勤快地為左手用繃帶及木棒固定住的我服務。好吧……跟平常一樣。

「天狼星少爺，請張開嘴巴。」

「……好吃。不好意思，總是麻煩妳。」

「呵呵呵，我這樣很幸福，您不必介意。您接下來想吃哪一道菜？」

我的右手沒事，一個人吃也沒問題，但艾米莉亞想要照顧我，今天我又麻煩她幫忙回風岬亭傳話，所以我想盡量滿足她的要求。

另一位主客雷烏斯坐在旁邊，讓菲亞餵他吃飯。

「好吃！可是菲亞姊，別餵我菜了，給我肉！我想多吃點肉！」

「不行。天狼星不是說恢復期要均衡攝取蔬菜及肉類嗎？乖，先補充青菜。」

「我很感謝妳餵我吃飯，不過妳一直在餵我菜！」

「啊，我聽說這種蔬菜對骨頭很好。來，嘴巴張開……」

「菲亞姊，我要吃肉啦！」

能讓妖精美女餵食，全世界的男人都會羨慕不已，從旁看來卻有種主人在教育狗的感覺。

順帶一提，雷烏斯在我跟莉絲的治療下，已經恢復到可以走路，只有兩隻手因為過度使用，恢復得很慢，現在用繃帶及木棒固定住，讓他今天一整天絕對不能動到手。

因此吃飯只能找人餵他，起初是艾米莉亞負責，之後才換成菲亞。菲亞說她在鬥技場跟我交流過了，接下來想跟弟弟培養感情。

我看著終於吃到肉，一臉滿足的雷烏斯，這時新客人來了。

「我按照約定來啦。」

「感謝你的邀請。」

是傑基爾和貝奧爾夫。

他們跟齊格一起住在別家旅館，我在鬥技場問他們如果齊格允許，要不要來參加我的慶功宴。

齊格八成很討厭我，因此我本來不抱任何期望，沒想到他們竟然來了。

「謝謝你們來參加。飲料在──」

「兩位請用飲料跟剛補上的料理。」

「嗷！」

我望向桌子，想先請他們喝杯飲料，賽西兒正好把飲料跟食物端過來。

不知為何，北斗頭上頂著托盤，在幫賽西兒端飲料。牠確實有能耐在那種狀態下不讓杯中的飲料灑出來。我現在有艾米莉亞跟在旁邊，這裡又不用擔心遭到敵襲，北斗閒著無聊，所以才乾脆去幫忙的樣子。

兩人顯得有點不知所措，從北斗頭上的托盤拿過飲料，看見桌上的料理笑了出來。

「謝啦。喔喔，這些菜看起來真好吃。」

「還有幾道從沒見過的菜色，每一道看起來都非常美味呢。」

「每道菜都保證好吃，你們別客氣。」

儘管是沒看過的料理，他們依然毫不畏懼地伸出手，大概是被香味吸引了。

「喔喔，好吃！光這道就讓我慶幸有來。」

「太好了。雖然主動邀請你們的我講這種話有點奇怪，虧你們真的有辦法來。齊格同意了嗎？」

「嗯？喔，我問他的時候他心不在焉的，不過他同意啦。而且，他現在應該正在享樂吧？」

「什麼意思？」

「菲亞姊！我的嘴巴沒那麼上面啦！」

菲亞邊餵雷烏斯，一邊轉頭看向我們。或許是有點好奇，但麻煩妳好好餵人家，雷烏斯的鼻子塞不進炸雞好嗎。

「跟你們談完事情後，我們的雇主超難過的，一回飯店就自己在那邊灌酒，所以我帶他去了娼館。」

傑基爾對這方面也很瞭解，帶齊格到他去過好幾次的店，還幫他介紹個性富有包容力的娼妓。

「每個人失戀受到的打擊都不一樣，有時只要找女人玩個盡興就會爽快不少。」
「我猜他剛開始一定不知道怎麼辦，接著不知不覺氣氛就變得很好對吧？」
「是啊，畢竟那位大姊可是我精挑細選的。她非常貼心，一定會好好安慰我們的雇主。喔，這道菜也好吃！」
「嗯……畢竟那就是娼妓的工作嘛。他打起精神了就好。」
傑基爾告訴我們「總之不用擔心」後，一邊吃飯喝酒，一邊跑去煩雷烏斯。
「身邊全是漂亮的大姊姊，每天都吃得到美食。你這傢伙過得比一般貴族還爽嘛。」
「不對吧，姊姊他們是大哥的人耶？吃得到美食倒是真的，又有大哥在，確實過得很開心。」
「是啊，有這麼強的人在身邊當然開心。哈哈哈！」
「這兩個人年紀明明差那麼多，感情卻好成這樣。」
我旁邊的貝奧爾夫看著有說有笑的兩人，傻眼地喃喃自語。
「因為他們是同類嘛。你也別客氣，盡情享受吧。」
「嗯，我會的。不過在那之前，有件事想跟天狼星先生報告。」
貝奧爾夫態度突然變得畢恭畢敬，一臉正經地低下頭。
「今天，我輸給了你，從你口中得知父親的真相。對於活在迷惘中的我而言，今天可以說是重生之日。」

「你能這麼想就太好了，不枉我告訴你。」

「對我來說那是必要的。重生過後，我決定了一件事。」

「我方便聽嗎？」

「是的，我希望你知道。護衛任務結束後，我打算踏上尋找剛劍萊奧爾的旅程。」

看他一臉神清氣爽，似乎不是想為父親報仇。

以貝奧爾夫現在的實力只會反過來被殺掉，所以聽見他的目的不在於此，我有點放心。

「雖然我已經從你口中得知父親的事，我也想知道剛劍對父親是怎麼想的。因為他是送父親走完最後一程的人。」

「這是你自己選擇的道路，放手去做吧。可是不要因為剛劍很強就找他單挑喔？那個爺爺隨手就會打斷你一兩根骨頭——不對，砍掉你一兩隻手臂。」

「我會記住。」

但我覺得就算他不主動挑戰萊奧爾，萊奧爾也會想跟他打。

「找到剛劍後，我會再來見你。到時……可以收我為徒嗎？」

「……成為我的徒弟，會跟今天的雷烏斯一樣大吃苦頭喔？」

「我早就做好覺悟了。而且身為劍聖的兒子，我想測試自己能變強到什麼地步。

這是我自己做的決定，沒有受到任何人的影響。」

「是嗎。我不會拒絕有幹勁的人。雖然不曉得要等到什麼時候，期待你拜我為師的那一天。」

「謝謝你！」

「天狼星少爺，請用。」

聽見我的答覆，貝奧爾夫看起來很開心，艾米莉亞倒了兩杯紅酒遞給我們。

原來如此，要我乾杯紀念今天嗎？我摸摸她的頭誇獎她的貼心之舉，面向貝奧爾夫。

「那麼，為你即將開始一段新的旅程乾杯。」

「是！」

我們輕輕乾杯，將紅酒一飲而盡。

我在這個世界已經是可以喝酒的歲數，身體卻一口氣變熱，大概是因為還不習慣酒精。但感覺並不壞。

至於貝奧爾夫，他拿著空空如也的酒杯僵在原地，然後……

「唔!?」

突然倒下，頭撞到附近的桌子，昏了過去。

看來貝奧爾夫酒量相當差。

再怎麼差，真沒想到一杯酒就能讓他醉倒。

「天狼星少爺，有適合配酒的肉。我馬上幫您切好。」

「賽西兒小姐，請再給我一盤。」

「莉絲姊姊創了新紀錄耶！」

「如果你有辦法讓那對可愛的耳朵一左一右搖動，我就餵你吃這塊大塊的肉。」

「真的嗎!?喝……嘿！」

「哈哈哈！今天真是太棒啦！」

然而每個人都自己過自己的，沒人發現貝奧爾夫昏倒。

我用「掃描」稍微檢查了一下，不出所料，只是喝醉而已。

「我等等去拿毯子來，您別在意，請用這邊的肉。」

「……就這麼辦。」

熱鬧歡樂的慶功宴，持續到了深夜。

《終章》

隔天……我拿鬥武祭太累了當理由，關在房間把魔法陣刻在用獎金買來的魔石上。

我是在從鬥技場回來的路上去店裡買的，從起床刻到現在，不知不覺到了午餐時間。由於我非常專注，轉眼間就過了這麼久。

我停下手活動身體，艾米莉亞重新幫我倒了杯紅茶。

「辛苦了，天狼星少爺。看起來刻得很順利。」

「嗯，快做好了。差不多該吃午餐，休息一下吧。」

「天狼星前輩，你說今天要休息，結果一直在做這種費神的工作，不覺得奇怪嗎？」

「對呀。你左手還沒痊癒吧？我很高興你願意幫我做這個，可是我不希望你勉強自己。」

「沒有勉強。除了左手，我整個人都很健康，而且刻魔法陣用右手就夠了。比起這個……」

我回過頭，大家都待在這個房間。

他們顧慮到我在做事，都盡量避免發出聲音，我也因為在專心刻魔法陣，不覺得弟子們會干擾我，不過……

「我還要弄一陣子，你們可以去街上玩啊，一直待在房間也很無聊吧。」

「我得負責服侍您。」

「有你做的遊戲可以玩，不會無聊呀。啊!?糟糕……」

「這樣妳就走投無路了。是說大家一起悠悠哉哉的也很不錯呢。」

「嗷！」

「呼……呼……」

艾米莉亞在服侍我，一邊織東西；莉絲和菲亞在玩我做的桌上遊戲；北斗趴在我旁邊，看起來很享受這悠閒的氣氛。

至於雷烏斯，他的手還沒好，所以在房間角落做仰臥起坐。本來想叫他到外面做，可是沒有我看著，他可能會亂來，因此我開不了口。

「對大家來說，待在你身邊最靜得下心。我們會自己做自己的事，你也別介意。」

「若您覺得受到干擾，要不要我們到其他房間？」

「沒關係，你們無所謂就好。跟大家在一起我也比較放心。」

「呼……大哥的專注力……呼……跟我們在不在無關。」
「你在那邊做運動看了就覺得熱，給我到走廊上做。」
「幹麼這樣，姊姊，我也想在大哥身邊啊！」
「嗷！」
「哎……適可而止吧。」
今天，我們度過與昨天的激戰截然不同的悠閒時光。

吃完午餐，我馬上繼續刻起魔法陣，實際做好卻是傍晚過後的事。
我放下工具，用力伸展身體，坐在旁邊看我工作的菲亞問：
「做好了嗎？」
「嗯，就是它。希望妳喜歡。」
「哦……不錯呀。形狀好看，大小也不會太大。」
我立刻將做好的喬裝用魔導具交給菲亞，她似乎挺喜歡的。
這個魔導具能改變穿戴者的外觀，只要有它，菲亞也能脫下兜帽，堂堂正正走在街上吧。
本想做成跟姊弟倆一樣的頸鍊，因為某些原因變成了耳環。
菲亞喜孜孜地握住耳環，我心情卻有點複雜。艾米莉亞和莉絲發現我不對勁，歪著頭開口詢問：

「天狼星少爺，怎麼了嗎？」

「這個耳環很適合菲亞小姐呀，有哪裡失敗了嗎？」

「其實我想做的是項鍊或手鐲，不是耳環。可惜以我的技術，這樣就是極限。」

羅德威爾做的魔導具不僅耳朵，連髮型、體型都能改變，可是我現在的技術只能做到改變身體的一部分。

而且如果不裝備在靠近該部位的地方，可能會解除變化，最後只能選擇耳環。

「雖然他有時怪怪的，只會催我做蛋糕，本人的技術果然就是不一樣。」

「不需要跟人家比嘛。這樣我就很高興了……好嗎？」

菲亞將耳環還給我，然後撥開頭髮，把頭靠過來。

這個……和弟子們的反應一樣。我在面帶苦笑的徒弟的注視下，為菲亞戴上耳環。

「呵呵……有點難為情，不過感覺還不賴。」

「戴起來怎麼樣？要調整也行。」

「等我一下……嗯，可以。很快就能習慣。」

妖精的耳朵跟人族比起來比較敏感，但看菲亞的反應，應該是沒問題。

莉絲用魔法召喚出水當鏡子，菲亞看著自己的倒影，頻頻點頭。

「這要用我的魔力發動嗎？」

「只有第一次發動時需要。之後它會自動吸收大氣中的魔力，只要不弄壞，大概可以半永久地運作下去。」

「真方便。那我立刻來試試看。」

只要不要太粗暴，魔石本身照理說也能撐一百年左右。

她將魔力注入耳環，妖精族特有的長耳慢慢開始變透明，馬上變得跟我們的耳朵一樣。雖然菲亞那帶有神祕感的美貌仍然不變，這樣就能藏住妖精最大的特徵了。

「成功。」

「我之前想像過會是什麼情況，實際用了真的好厲害。什麼都看不見，摸到卻有感覺，怪怪的。」

那個魔導具的原理，簡單地說是利用光的折射，但解釋起來太麻煩，還是省略掉吧。

總而言之，只要菲亞別不小心在其他人面前拿下耳環，或是被對方直接碰到耳朵，身分就不會曝光。

「我想妳應該不會隨便讓人碰耳朵吧，拿下耳環的時候要注意周遭喔。」

「那當然，我會好好珍惜的。」

菲亞摸了好幾次耳朵確認，然後像在舉辦時裝秀似的，慢慢轉了一圈。

她在停下來的同時瞄了我一眼，眼神莫名熱情。

「怎麼樣？」

「嗯……很漂亮。」

「謝謝。欸，如果有機會，你還會再做給我對不對？」

「嗯。為了以防萬一，總要有個備用的，我預計找到堪用的魔石就再做一個。」

「那我想要戒指。啊……還是不要戒指吧？」

「只要我技術再好一點，戒指也做得出來。可是……為什麼要戒指？雖然確實很適合妳……」

「因為，你送的戒指不就是婚戒嗎？」

「……什麼？」

「我聽艾米莉亞和雷烏斯說了。送結婚對象戒指，是你特有的求婚方式。」

他們已經熟到會聊迪跟諾艾兒啦。這麼快就能得到弟子們的信任，又會大膽地對我示好，菲亞真的是可靠又可怕的女性。

我的退路一條條被封住，腦中浮現會繼續被她玩弄於手掌心的未來，然而……

「呵呵，真期待今後的旅程。」

若能在她身旁看著這抹笑容，這樣也無所謂。

菲亞甩著一頭長髮回過頭，臉上的笑容比耳環更加耀眼。

番外篇《必要之事》

為了讓左手休息，今天的晨練取消，但由於習慣使然，我不小心跟平常一樣早起。

我在性感的呼吸聲及床單摩擦聲中醒來。

贏得鬥武祭冠軍的隔天早上。

「……啊……嗯……」

我慢慢轉頭面向旁邊，看見菲亞安詳的睡臉。

所謂的「睡臉」通常毫無防備又可愛，菲亞的睡臉卻更適合用美麗形容。

當初遇見她的時候，我覺得她是位美麗得宛如藝術品的神祕女性。過了十年，她的美貌仍舊不變，反而還更有女性魅力，不曉得是不是因為戀愛了。

令所有女性羨慕的光滑肌膚、用手指梳下去也完全不會打結的美麗長髮。這些在妖精族身上是理所當然的，難怪他們那麼容易被盯上。

而妖精菲亞喜歡上了我，不知不覺和我成了戀人。

身為男人，身為她的戀人……只要這條命還在，必須好好保護菲亞。

我邊想邊看著她的睡臉，這時菲亞睜開眼睛，還沒道早便先親過來。

「嗯……早安，天狼星。」

「早安。一大早就這麼熱情。」

「一醒來你就在我面前嘛，所以我不小心……嗯。」

菲亞瞇起眼睛，臉上浮現柔和笑容，緊盯著我的臉。

「傷腦筋，沒想到我會陷得這麼深。」

「陷得這麼深？是指對男人嗎？」

「對呀，這是我認識你前發生的事……」

遇見我之前，菲亞認識在某座城市工作的娼婦，和她成了酒友。

「我們都喜歡喝酒，一拍即合，雖然相處的時間不長，她跟我講了很多事。其中有個娼婦愛上一名男子的故事。」

某位娼婦不小心真的愛上客人，對男子言聽計從，將一切奉獻給他。然而那名男子是個人渣，利用完那名女性就拋棄了她。

人為愛情而盲目……她陷得太深了。

聽說這種故事之所以會傳開，是想拿這當失敗案例警惕娼婦。不只娼婦，對於那些會去娼館的客人來說，等於是可以找的女人變少，應該很受不了吧。

「我聽見這個故事的時候想著，男人真的有那麼好嗎？結果我現在就被男人迷得團團轉。總覺得有點好笑。」

「身為男人聽了倒挺開心的，不過，這對妳而言有什麼問題嗎？」

「因為如果你有事拜託我，我八成會照單全收嘛。」

「這樣確實不太行，但只要我不要求妳做奇怪的事就好了吧？」

「是沒錯，你看起來滿有自制力的，可以放心跟你在一起。可是如果你需要幫助，別客氣儘管說。不只是我，艾米莉亞、莉絲、雷烏斯和北斗都想幫上你的忙。」

幫上我的忙嗎……

就算她這樣說，我已經從大家身上得到夠多東西。

我藉由上輩子的知識得到的力量，在這個世界是異常的。假如我拿出實力，在不知情的人眼中應該會覺得我很恐怖。

正因為有發自內心仰慕我，願意跟我在一起的弟子及夥伴，我才不會寂寞，每天都過得很充實。

「我沒有勉強自己。看著妳跟弟子們成長，會讓我覺得很充實。總之我會照自己的意思過日子，希望你們也不要受到拘束。妳已經可以不用再遮住耳朵，以後就光明正大走在路上吧。」

「太光明正大的話，可能會被人發現我是妖精喔？」

「放心，到時我會保護妳。自由自在的妳是最有魅力的。」

「……啊啊，討厭！」

菲亞突然坐起來，跨坐在我身上拚命吻我。

我被她嚇了一跳，摸著她的背安撫她，菲亞放開我後，面色凝重地注視我。

「我只是想叫你不要硬撐，可以找大家幫忙，你卻搬出這麼有威力的臺詞……太卑鄙了！」

「什麼卑鄙，我是認真的。」

「閉嘴！還沒到早餐時間對吧!?」

「喂喂喂，天都亮了，稍微克制點吧……」

「很快就好了。而且我們妖精族懷孕的機率相當低，趁現在練習吧。」

聽菲亞說……在有數百名妖精的村落裡，一名女性數十年能懷一胎就算幸運。

原因除了態度不積極外，妖精是長壽的種族，時間觀念跟人族與獸人不同，不會在意那種事。

所以我不是不能理解菲亞的想法，但……

「真心話是？」

「我快忍不住了。唉……淪陷得真徹底。」

「誠實是件好事。無論妳的愛有多強烈，我都會完全接納。」

「最喜歡你這麼有包容力的部分了！」

之後，直到艾米莉亞來叫我起床，我都在承受菲亞的愛。

「早安，大哥！」

「啊，早安。」

我和在門外待命的北斗會合，與艾米莉亞、菲亞一同來到旅館的食堂，跟已經先入座的莉絲和雷烏斯道早。

「讓你們久等了。」

「別在意，我們也才剛起床。」

「欸，大哥，姊姊和菲亞姊怎麼了？」

看到容光煥發的菲亞跟抱著我手臂的艾米莉亞，自然會感到疑惑。

「託天狼星的福，我迎接了清爽的早晨。雷烏斯，你也要成為像天狼星那樣能滿足女性的男人唷。」

「嗯！就是叫我以大哥為目標對吧？」

「是呀。不過你也有自己的優點，努力活用它吧。」

我邊聽他們倆交談，一邊走到椅子前面，艾米莉亞放開我的手幫我拉開椅子。

她不想輸給菲亞，試圖把自己的氣味蹭到我身上，卻沒有因此忘記隨從的職責。

早餐送到桌上後，大家都盯著我看。因為要等我發號施令才能開動。

「那麼，我開動了。」

「「「我開動了。」」」

菲亞也在這幾天完全融入我們的生活，跟著一起合掌，開始享用早餐。

多達十人份的麵包、湯及沙拉，還有一大早就出現在餐桌上的烤肉，不禁讓我覺得早餐吃這些太多了，然而……

「麻煩再來一盤。」

「我也要！」

「天狼星少爺，要不要再吃點沙拉？」

「嗯，好啊。妳自己也要吃，別顧著照顧我。」

「……你們變強的祕訣是不是吃多一點？」

對我們這一群來說，反而還嫌不夠。

擺滿桌子的料理轉眼間進到大家的胃袋，卡琪亞立刻送上新的餐點。

「請用……這是媽媽招待的。」

「抱歉，每次都要讓妳一直跑來跑去。」

「沒什麼啦。而且多虧大哥哥你們，家裡的客人開始變多了，所以大家別客氣，多吃點。」

我環顧四周，客人明顯有增加，不曉得是不是因為我在鬥武祭上幫忙宣傳。卡琪亞跟其他員工一臉充實，勤奮地工作。

風岬亭原本位置就不差，服務又好，是很棒的旅館。只要再過幾天，客滿也不是不可能。

由於客人變多了，照理說北斗應該要到室外去，但賽西兒特別允許北斗待在裡面。有些跑來抱怨的客人得知北斗的主人是鬥武祭冠軍，就閉上嘴巴了。

吃完早餐，我們拿當成飯後甜點的水果配茶，一面討論今日行程。

「我和雷烏斯的傷也好得差不多了，今天我想去冒險者公會。」

「要去公會嗎？」

「已經沒錢了？我的亞軍獎金咧？」

「該不會以後都要少一道菜吧！」

「冷靜點。其實我收到一封信。」

我立刻安撫我們家的大胃王姊弟（莉絲和雷烏斯），拿出賽西兒剛才給的信，放在桌子中間給大家看。

簡單地說，信上叫我在離開加拉夫前先去冒險者公會露個臉。

「公會找我們有什麼事呀？」

「好像是我在鬥武祭的頒獎典禮上說我的等級是初級有問題。鬥武祭冠軍是初級，會讓人覺得冒險者公會瞧不起我，他們想找我談一談。」

我的公會等級現在是八級，普遍稱為初級冒險者。

艾米莉亞和莉絲跟我一樣，有空就會去狩獵魔物的雷烏斯則是七級，同樣屬於初級。

以我們的實力能以更高的等級為目標，可是我有在賈爾岡商會賺的錢，不愁沒錢花，幾乎沒在解冒險者公會的任務，才會停留在八級。

「原來如此。那麼請他們把天狼星少爺升到上級冒險者的一級吧。」

「不、不行啦！要乖乖解任務升上去。」

「莉絲說得沒錯。老實說，我對等級沒什麼興趣，但他們都特地寫信叫我了，就去露個臉吧。」

我加入公會的原因有很多，最重要的是想要能證明身分的東西。

儘管我不認為公會會與鬥武祭冠軍為敵，還是決定去一趟，因為要是之後跟公會鬧得不愉快，事情會很麻煩。

「菲亞姊也有加入公會吧？畢竟妳在外面旅行過一段時間。」

「那當然，因為我得自己賺旅費……找到了，這就是我的公會卡。」

我們的卡片是木頭製，菲亞從懷裡拿出的公會卡卻是銅製，上面刻著的等級是五級。

「只要我有那個意思，說不定能升到上級，不過賺得到可供生存的錢就夠了。而且我是妖精族，不想因為等級太高而受到注意。」

菲亞會用精靈魔法，即使是強大的魔物也能獨自打倒，想必可以升上更高的等級。

她單獨行動的時候都戴著兜帽跟公會職員接洽，可是升到上級比較引人注目，也會有人好奇她的身分，停在五級或許是正確的。

「那準備好就去公會吧。可能會有任務要處理，別疏於準備啊。」

「好的，我去備好必需品。」

「如果公會要幫天狼星前輩提升等級，我們也得努力追上他呢。啊，卡琪亞，可以再給我一點水果嗎？」

「我也要！」

「……真的假的？」

「那兩個人都吃那麼多了，還吃得下啊。」

「亞軍雷烏斯也就算了，那個女人……究竟是何方神聖？」

其他客人大概是透過鬥武祭認識我們的，好奇地看著這邊竊竊私語。他們驚訝的點很奇怪，不過在意這些也沒用。

我看著莉絲和雷烏斯津津有味地享用水果，在腦中重新計算餐費。

我們做好準備，前往冒險者公會，在路上當然很顯眼。鬥武祭的冠軍及亞軍，還有百狼北斗，自然會引人注目，外加還有人被沒戴兜帽的菲亞迷得愣在原地。多虧有那個耳環型魔導具，沒人發現她是妖精族，但她的美貌依然不變。

其他人看待我們的目光大多是善意的，有路邊攤的老闆請我們吃肉串，也有人稱讚我們表現得很精采。

其中也有蘊含嫉妒或不良企圖、帶著惡意的視線，被我或北斗一瞪就嚇跑了。

「嗷！」

「嗯，慢慢休息吧。」

我們走在鬥武祭餘韻尚存的街道上，抵達冒險者公會，北斗叫了聲表示有事可以叫牠，在從魔用的空地趴下來。

不愧是人稱冒險者之都的加拉夫，這裡的公會非常大，裡面有一堆冒險者在櫃檯接任務，或是聚集在桌前談話，相當熱鬧。

我們朝櫃檯走去，比剛才更不客氣的視線同時集中到我們身上。

大部分的人都是被菲亞的美貌吸引，不過看見旁邊的我和雷烏斯，便死心地嘆了口氣。應該是判斷有我們在，沒辦法跟菲亞搭訕吧。

身為冒險者，感覺不到危險的話有幾條命都不夠。這樣一想，搞不好這裡的冒險者都算比較優秀的。

沒人來糾纏當然最好，於是我們來到空著的櫃檯找接待人員……

「啊!?天狼星，你來啦！可以請你過來嗎？我們趕時間。」

櫃檯後面傳來響亮的聲音，是幫鬥武祭實況轉播的那名播報員。

腦中剛浮現「為什麼她在這裡……」的疑惑，我就發現她身上的衣服跟其他職員一樣，看來是這裡的員工。

一看到是那名播報員，艾米莉亞跟莉絲便擋在我身前戒備，菲亞則抱住我的手臂。菲亞和狠狠瞪著播報員的那兩人不一樣，笑咪咪的，她只是覺得好玩吧。

其他冒險者羨慕地瞪著我，我摸摸兩人的頭安撫她們。

「冷靜點。好了，人家在叫我們，快走吧。」

「可是……」

「嗯，我覺得那個人不容大意。」

「不然這樣好了。我到後面去，妳們負責站在兩邊保護天狼星。」

「「是！」」

「那我就是正面啦！」

就這樣，我的左右站著艾米莉亞和莉絲，前後是雷烏斯和菲亞，從四面八方護住我。

真想吐槽「這是在搞什麼」，但他們是出於擔心才這麼做，我不好意思開口。

我們在各種意義上引來眾人注目，走向櫃檯，播報員小姐發自內心咬牙切齒地說：

「多、多麼完美的陣型!?完全沒有空隙給我介入！」

「抱歉，姊姊她們的敵人就是我的敵人。休想碰大哥一根汗毛！」

「而且戀人還從三個變成四個了!?不愧是稱霸鬥武祭的男人。連男人都能接受的胸懷也很有魅力！」

「等等，雷烏斯是我的徒弟，我們不是那種關係。」

「對啊！我確實是大哥的徒弟，不過他將來會成為我真正的大哥——唔!?」

雷烏斯開始大聲強調，我將自製的糖果丟進他嘴巴，讓他閉嘴。

雷烏斯沉醉在加入蜂蜜的絕妙甜味當中，沉默不語，艾米莉亞和莉絲也渴望地看著我，所以我將同樣的糖果餵給她們吃。

「我收到叫我來這邊的信。」

「噢，糟糕！不好意思，要你特地跑一趟，可不可以先讓我看看公會卡？」

她叫其他職員傳話給上司後坐到櫃檯，我們拿出卡片。

「我確認一下等級。啊，我叫碧媞。隨時歡迎厲害的男人來搭訕。」

最後那句明顯是對我和雷烏斯說的。但她意識到自己一點希望都沒有，遺憾地確認公會等級，然後立刻用手遮住臉，深深嘆息。

「唉……擁有如此驚人的實力，竟然真的只有初級。」

「因為我們對等級沒什麼興趣。叫我們來的原因，莫非是要談升等？」

「大概是，我也不清楚詳情。你說你們對等級沒興趣，區分方式總該知道吧？」

「是知道……」

公會等級從十級開始，靠解任務提升等級，等級越高數字越小，一級是最高的。等級會越來越難提升，高等冒險者可以接高報酬的任務，稱謂也會變。

十級到七級是初級冒險者。

六級到四級是中級冒險者。

三級到一級是上級冒險者。

聽說有比一級更高的特級，但這部分我不是很瞭解。

「那就不必解釋囉。會長會負責說明詳情，可以跟我過來嗎？」

「方便讓我的夥伴同行嗎？」

「沒問題。」

剛才幫忙傳話的女性回來了，我們便跟著碧媞進入裡面的房間。

她帶我們來到疑似會議室的房間，中央有張大桌。

桌子對面坐著一名壯漢，剃了個大光頭，擁有不輸給萊奧爾的強壯身軀。臉上有道大疤，從氣勢看來絕非等閒之輩，恐怕這名男子是……

「跟大家介紹一下。這位是冒險者公會加拉夫分部的公會長，巴多姆先生。」

「我是巴多姆。請多指教，鬥武祭的冠軍天狼星。」

巴多姆站起來跟我握手，我回握他的瞬間……巴多姆默默揚起嘴角。

就跟我察覺到他並非常人一樣，對方也發現了我的實力。這位會長似乎是個握手就能測出實力的強者。

「……原來如此，以你的實力，優勝也是理所當然。如此優秀的人居然會被埋沒至今，世界真大。」

他跟雷烏斯也握了手，興味盎然地頻頻點頭。

「你是天狼星的徒弟對吧？」

「是的。我是大哥的頭號──不對，二號弟子！」

「這樣啊。你也是很棒的原石，我非常期待你將來的發展。」

艾米莉亞默默釋放壓力，讓雷烏斯立刻改口。巴多姆愉快地笑著。

雷烏斯講話難得變成敬語，除了對方是長輩外，也是因為他本能理解巴多姆是很強的人吧。

跟所有人握過手後，巴多姆坐回房間中央的沙發上，示意我們坐到對面。

「你們真有趣。明明是初級冒險者，年紀輕輕卻鍛鍊到這個地步，還將人稱幻獸的百狼收為從魔。」

「不強就生存不下去囉，還有北斗雖然是從魔，也是我們重要的夥伴。那麼，方便請教您叫我們來的理由了嗎？」

「嗯。我想你也知道，是要提升你跟雷烏斯的等級。如信上所說，鬥武祭的冠軍是初級，會有人有意見。你……有意願升上上級嗎？」

「沒有。就算要成為上級，我也想按部就班讓等級升上去。」

聽見這句話，巴多姆苦笑著喝了口碧媞泡的茶。

「一般人都會執著於提升等級，可是你看起來真的對等級沒興趣。」

「慢慢來比較適合我的個性。而且我現在的優先事項是鍛鍊弟子、環遊世界。」

「冒險者是自由的職業，所以我其實也不想叫你過來，但你既然當上鬥武祭的冠軍，我就不能再坐視不管了。希望你至少升上中級。」

「……我明白了。那我該怎麼做才好？」

「我為你們準備了任務，只要完成這個任務，就讓你們全部升上中級……六級好了。詳情麻煩去問碧媞。」

「那個……我們幾個隨從也可以一起嗎？」

「可以。各位的實力我也大概掌握住了。我從你們身上感覺到超出常人的魔力，

示實力足以晉升到中級。

現在我們要去的是森林裡的歐克巢穴，只要不要大意，多少隻歐克都敵不過我們。

「欸，關於你們剛剛聊到的那件事……天狼星將來想成為特級嗎？聽會長的說明，我覺得你辦得到耶。」

「是的。我認為憑天狼星少爺的實力，當上特級也不為過。我看還是該請人家至少把您升到上級吧？只要告訴會長您擊敗過萊奧爾爺爺，一定──」

「好了啦，妳冷靜點。天狼星前輩不是說想慢慢提升等級嗎？」

「是啊。站在高處或許能看見比較多的東西，反過來說，也有在低處才看得見的東西。上級或特級等有需要再說，現在慢慢來就好。」

而且我有這群一步步前進的弟子們，不想自己做這種跳級般的行為。

「原來如此。對不起，我太多事了。」

「別在意。大家有什麼不滿或想說的事儘管說，就像艾米莉亞這樣。把事情藏著有時會導致無法挽回的事態，負面情緒一直積在心裡是最不好的。」

「那……最近都沒吃到大哥的菜，好懷念喔。我還想玩飛盤。」

「賽西兒小姐的廚藝是很好沒錯，但我還是最喜歡天狼星少爺做的料理。」

「我也這麼覺得。」

「嗷！」

「你們的不滿是這個嗎！所以我不是做了便當？」

午餐本想在鎮上的攤販解決，弟子們卻說想吃我做的菜，只好先回旅館一趟準備便當。

這導致我們離開加拉夫時都快中午了，幸好以我們的移動速度不成問題。總之時間相當充裕，跟要去野餐差不多。

弟子們還舉出希望我多幫他們梳毛、希望我多摸摸他們等平常就在做的事，看來他們對我並沒有不滿。

我放心地繼續向前走，菲亞來到旁邊，把手放到我肩上。

「呵呵……當媽媽的真辛苦。」

「我是男的，該叫我爸爸吧。」

「說得也是。看你取悅女人的技術也是優秀的男人。」

「這話什麼意思？」

「開玩笑的啦。」

菲亞笑著吐出舌頭，我無言以對，和大家一起悠閒地走向目的地。

在草原上走了一段時間，看見那座森林時，我們決定停下來吃午餐。

午餐是三明治和自製香腸，野餐的基本菜色。我看著大快朵頤的弟子們，跟他們討論起之後的計畫。

「歐克是在森林深處對不對？吃完午餐就直接殺進去！」

「不，沒必要進到裡面。比起任務，我想先確認一件事。」

「不進去喔？那要怎麼清掉歐克？」

「我自有方法，所以現在要以其他事為優先。」

我將視線移到菲亞身上，她懷念地吃著我們初遇時吃過的夾有肉跟蔬菜的三明治。

「怎麼了？啊，難道是要我餵你吃？來，嘴巴張開。」

「不是。妳可以繼續吃沒關係，總之聽我說話。吃完午餐，希望妳告訴我妳的實力。」

「我的？」

既然菲亞之後要跟我們一起旅行，勢必要掌握同伴的實力。

跟她重逢的那一天我就有這個打算了，可是菲亞的精靈魔法太過強大，不能在城裡使用，因此我才等到現在。

這次的委託讓我們離開加拉夫一段距離，是個大好機會——我如此說明。

「沒人跟在我們後面，目前四周也沒有其他人的反應。我想拜託北斗幫忙監視，趁現在讓大家確認彼此的能力。」

「確實……夥伴的能力是必須掌握清楚的。我都是一個人旅行，沒注意到這一點，真不好意思。」

菲亞雖然笑著說出這句話，我聽在耳裡卻有點難過。幸好她的旅程還算愉快，並沒有後悔，這或許是唯一的救贖。

「呵呵……能依賴的夥伴嗎，聽起來不錯。」

「對啊，以後會由我和大哥保護菲亞姊。」

「有鬥武祭的冠軍和亞軍保護我，真令人放心。那等等我就讓大家見識一下我的精靈魔法。」

「請讓我這個精靈魔法的後輩做參考。」

「莉絲比較少用攻擊魔法，所以很好奇菲亞小姐會怎麼使用。」

「唔……大家用這麼純潔的眼神看我，我好緊張。」

弟子們期待的目光，使菲亞緊張起來。

這時我突然想到，不知道跟菲亞一樣使用風魔法的艾米莉亞，對她是怎麼想的？

艾米莉亞發現我在看她，將泡好的紅茶端給我，歪過頭問：

「天狼星少爺，請用茶。那個……我臉上有什麼東西嗎？」

「噢……沒什麼。只是在想妳們用的都是風魔法，妳不會好奇菲亞的魔法嗎？」

「這個嘛……是會好奇沒錯，不過力量不只魔法一種，所以我沒有很在意。」

艾米莉亞雖然受過我的訓練，肯定還是菲亞的風魔法比較強。

然而論體能或隨從技術的話，艾米莉亞較為優秀。看到她明白這點，面帶微笑、毫不嫉妒菲亞，我很滿足。

「是嗎。艾米莉亞，妳又成長了。」

「不，我還有得學呢。只要您願意看著我，我會一直成長下去的。」

我慈祥地摸著不只身體，心靈也大幅成長的艾米莉亞的頭，她開心地閉上眼睛，尾巴搖來搖去。

「呵呵呵……好幸福。」

「說得也是，我在各個方面都不如艾米莉亞。我也得加油，才不會輸給她。對了，天狼星。」

「什麼事？」

「我還是想餵你，所以把嘴巴張開吧。來，啊──」

「…………啊──」

和平的午餐時間結束後，我們輪流展現自己的力量。

我們這群人裡面有兩位精靈魔法師，認真起來可能會引發天地變異，因此一部分改用口頭說明。

我的槍魔法、雷烏斯的劍術、艾米莉亞用魔法製造出的銳利風刃、莉絲用水做出的防壁及其他用法，菲亞看得驚訝不已，不停拍手稱讚大家。

「大家比我想像中還強。我旅行的時候幾乎沒看過你們這麼強的人。」

「都是多虧大哥的訓練。」

「是你們努力不懈的成果，我只有幫忙開個頭。」

「無論如何，他們都是因為有你在才能變得這麼強，你該感到驕傲。那接著就輪到我囉。」

菲亞閉上一隻眼睛站出來，對空無一人的草原伸出手，輕聲呢喃。

「大家，把力量借給我……」

在她釋放魔力的瞬間，遠方出現巨大的龍捲風。

菲亞好像已經有刻意縮小範圍，即使如此，威力仍然十分驚人，連樹木都快被連根拔起。

確認我們看夠了後，菲亞手一揮，那麼大的龍捲風就瞬間消失，彷彿從未存在過，地面上卻殘留著遭到破壞的鮮明痕跡，說明了龍捲風的威力。

「呼……有點做得太過頭了。其實更強力的龍捲風我就沒辦法操控自如，會不小心把一大塊區域統統掃光。」

「還是很厲害啊！姊姊，妳做得出那個嗎？」

「應該可以，但規模這麼大很難維持。可能用一次就會魔力枯竭。」

「妳們兩個用的都是風魔法，方向性卻不同。用不著模仿對方。」

菲亞是用強力的風吹散一切，艾米莉亞則是以靈活的技術控制風，精準命中對手。

在那之後，菲亞又用了各種魔法，最後表演我教她的飛行魔法收尾。

「……差不多這樣吧？我這幾年都待在故鄉，每天都靠練習魔法打發時間。」

「厲害。妳連我開玩笑跟妳說的魔法都重現出來了，飛行技巧也跟以前完全不能比。」

「謝謝你。不過我的飛行魔法不只這樣唷，還有辦法讓一個人浮起來，可惜撐不了太久。」

「意思是我也能像菲亞姊那樣飛？」

「對呀。把劍放下來到這邊，我讓你飛飛看。啊，因為不好控制，你不要亂動喔。」

雷烏斯放下劍的瞬間捲起一陣風，明顯比菲亞重的身體被帶到空中。

他在空中慢慢繞了幾圈，可是高度不高。被菲亞放下來後，雷烏斯跟大家述說感想。

「整個人輕飄飄的感覺，還滿好玩的。不過飛的時候什麼事都沒辦法做。」

「因為這只是靠風把人吹起來，當然不能站穩囉。我本來想說這招可以封住敵人的行動，但對方動得太激烈會掉下來，所以不能這樣用。」

「主要是用來移動就對了，光這樣就夠厲害了呀。」

「對啊，妳大可引以為傲。」

「我請故鄉的朋友當實驗——不對，請她幫忙測試，才練到這個程度。現在終於能表演給你看，不枉我練習那麼久。」

菲亞雖然笑著說「這沒什麼大不了」，我相信她一定從來沒忘記自我鍛鍊，以免在跟我旅行時成為累贅。

多了一名可靠的夥伴，我再度深深感到放心。

確認完每個人的力量後，我們終於準備前去殲滅歐克，就在這時，雷烏斯瞄了太陽一眼，看著我說：

「欸，大哥，現在去找歐克的話，回來天都黑了耶？要不要先準備紮營？」

「我不打算在外過夜，也沒必要去找歐克。北斗！」

「嗷！」

我一下達指示，北斗就像陣風似的衝進森林。

大家看得一頭霧水，我叫他們準備應戰。

「難道要統統交給北斗先生？」

「如果讓北斗幫忙，確實很快就能解決，可是我們還需要歐克的牙齒證明討伐成功吧？」

「啊，還是要派牠偵查？」

「可惜猜錯了。意思差不多，總之準備好戰鬥吧。」

剛才我用「探查」在森林深處偵測到疑似歐克群的反應。

既然我感應得到，北斗當然也會發現。

也就是說……

「嗷嗚嗚嗚嗚──！」

不用主動去找，讓牠們自己過來即可。

北斗消失在森林裡，過了幾分鐘……森林深處傳來聲音，被北斗趕過來的歐克群進入視線範圍內。

前世我常跟北斗用這種方法狩獵，北斗把獵物趕到我這邊，在外面埋伏的我負責解決。真懷念。

「數量……差不多四十隻。稍微控制點力道，順便練習跟隊友合作好了。」

「先用我的魔法減少數量吧，我想大概能清掉一半。」
「然後我再衝出去砍光牠們！」
「那我負責另一邊的歐克。」
「漏網之魚就交給我囉。」
「我配合戰況行動。」
以我們現在的實力，一個人對付這群歐克也綽綽有餘。
這次就拿歐克練習新隊伍的團體戰，一口氣殲滅牠們吧。

戰鬥……轉眼間就結束了。
菲亞先用精靈魔法召喚風，從上空壓死近半數的歐克，剩下一半被衝入敵陣的雷烏斯的劍，以及艾米莉亞的風魔法一分為二，企圖逃走的則由莉絲的水彈和北斗的前腳打倒。
歐克完全無法抵抗，慘遭蹂躪，我們迅速將討伐證明的牙齒拔下來。之後只要把牙齒帶回公會，任務就完成了。
「好，回去吧。」
「這麼輕鬆沒問題嗎？」
「只要天狼星少爺沒意見，就是沒問題。」

我們還有親自出馬，確認彼此間的合作，已經算不錯了。否則大可像雷烏斯說的那樣，統統交給北斗。

雖然我們來這裡的目的是要達成任務，對我而言見識菲亞的能力比較重要，因此我一點都不覺得速戰速決有什麼問題。

回程路上，我想起一件事，叫住雷烏斯。

「雷烏斯，我忘記有個東西要給你。收下吧。」

「嗯……這啥東東？」

我給他的是一個劍的紋章。

雷烏斯一臉疑惑，看見紋章上刻著的劍，想到了這是誰的東西。

「這個……是萊奧爾爺爺的劍嗎？大哥，這該不會是……」

「嗯，他說那是得到真傳的證明。」

這是數年前，我跟萊奧爾道別時他給我的東西。

他叫我等雷烏斯成為獨當一面的劍士時，把這交給他。

過了好幾年……雷烏斯在前幾天的鬥武祭上展現超出我意料的實力，應該夠資格收下它了。

「你已經是個優秀的劍士，今後也要持續精進。」

「大哥……你放心！我絕對會打倒爺爺追上你，要等我喔！」

雷烏斯激動不已，興奮得彷彿要當場大叫，用力握緊紋章。

……不過，現在感動還太早了。

萊奧爾說這個紋章是真傳證明，其實……

「爺爺看到這個，恐怕會拿出真本事。他八成會跟前幾天的我一樣，帶著殺氣喜孜孜地朝你砍過來。」

「……咦!?」

意思是，這個紋章同時也是萊奧爾的限制解除裝置。

換句話說，代表萊奧爾對他使出全力也沒問題了……

雷烏斯瞬間理解其中的含意，錯愕地抱住頭。

「那、那個……大哥？爺爺訓練我的時候，大概拿出了幾成實力啊？」

「差不多……四成吧？可是不知道這幾年他變得有多強，想這些也沒意義。」

「喔……喔喔……」

雷烏斯嚇得發抖，大概是想到被萊奧爾摧殘的回憶。我摸摸他的頭讓他平靜下來。

「好啦……我知道你會怕，但你也變強了。之後也一起努力吧。」

「知、知道了！跟大哥在一起，我什麼都不怕！」

雷烏斯嘴巴這麼說，尾巴卻垂得低低的，顯然在害怕。

萊奧爾現在有多強，要等見到他才知道，所以我也無法斷言一定不會有事。

我也想過搞不好他會因為上了年紀，體力衰退，但這種事唯獨不可能發生在那個人身上。

無論如何，我決定重新調整訓練內容，好讓雷烏斯在命運來臨時能存活下來。

之後，達成討伐歐克任務的我們升上六級了。

我們接過中級冒險者的證明——銅製公會卡，負責發卡的碧媞拍著手恭喜我們。

「恭喜大家。這樣你們就是中級冒險者了，可以接提供給中級冒險者的困難任務。」

「謝謝。想請教一下，中級有什麼樣的任務？」

「這個嘛，會多出一些不一樣的任務，例如討伐初級無法應付的魔物、到光移動就會累得半死的特殊地點採集素材。偶爾還會有委託人直接指名的指名任務唷。」

「接到指名就是有名的證據嗎？不過這跟四處漂泊的我們應該沒什麼關係。」

「不一定喔，馬上就有指定你接的任務了。就是這個。」

「這麼快，我看看……」

『給天狼星的指名任務……請跟公會職員碧媞一起約會。約會完可直接帶回旅——』

「「嘿！」」

「啊啊!?」

滿載私情的委託書，被艾米莉亞及莉絲撕得粉碎。

番外篇《北斗》

無論經過多少時間……
經歷了投胎轉世……
你給我的溫暖……絕不會改變。

雨下個不停，一隻小狗倒在偏僻的山中。

無法判斷牠是被人拋棄，還是遭到攻擊而逃到這裡的，不過剛斷奶的小狗不可能有辦法自力更生。

又餓又渴、遍體鱗傷的小狗，生命宛如風中殘燭。

被雨淋著的小狗身體逐漸失溫，孤單地嚥下最後一口氣…………本來應該是這樣的。

「……沒事吧？」

即將消失的生命突然被抱起來，輕輕摟住。

小狗感覺到溫暖的體溫傳遍冰冷的身體，失去意識。

小狗還活著。

睜開眼睛，首先映入眼簾的是擔心地看著牠的陌生少年。

牠東張西望，發現自己待在房子裡，身下鋪著一條毯子。

「太好了，你醒啦？」

看見少年放心的笑容，小狗明白自己得救了。

同時也明白到，就是這名少年給予自己那令人心安的溫度。

在那之後，小狗在少年無微不至的照顧下恢復精神，總是搖著尾巴追在少年身後。

少年不只會餵牠吃飯，還每天都溫柔地撫摸牠，把牠當成家人對待，小狗自然會喜歡上他。

對小狗來說，少年成了既是主人，也是親人的存在。

少年跟他叫做師父的人，一起住在鮮少有人造訪的深山內。

他們看起來像母子，卻並非如此。

旁人看來應該會覺得這是段神祕的關係，但小狗不可能懂。

小狗只知道少年是最喜歡的主人，師父是不能違背的存在，這樣就夠了。

「嘚……等牠長大應該挺好吃的，不過小狗的肉更軟更美味吧。」

「嗷嗚……」

「師父，住手！這傢伙是我的家人，要是妳敢吃掉牠，小心我殺了妳！」

「哈哈哈，開玩笑的啦。可是一下都碰不到我的小鬼頭殺得了我嗎？」

「可惡……我遲早會打倒妳！」

從不容抵抗的人手中保護自己的少年，令小狗對他更加忠誠。

少年跟小狗起得很早。

他們在天空只透出一點光的清晨醒來，做完暖身操便開始做每天的例行公事——跑步鍛鍊。

少年住在深山裡，不可能有人行道或整頓過的道路。他每天都會去只容得下一個人通過的獸徑上奔跑。

恢復體力、能夠自由行動的小狗也跟在後面。

還不習慣奔跑的小狗動不動就會跌倒，少年從來沒對牠伸出手過。但他絕對不會拋下小狗，而是等牠自己追上來。

少年會誇獎跌跌撞撞地跑過來的小狗，慢跑完還會幫牠檢查身體狀況，準備食物給牠吃。除此之外，他沒有一天忘記幫小狗梳毛，一有空就會陪牠玩飛盤。

小狗在充滿愛情的環境下順利成長。

早上慢跑完後，少年會跟師父不斷從事叫做「訓練」的戰鬥行為。

小狗有時只是在旁邊看著，有時則聽從少年的指示撲向師父。雖然他很怕這個恐怖的象徵，既然是主人的命令，小狗也會鼓起勇氣，與主人共同奮戰。

就這樣，小狗的精神逐漸成長。

少年與師父的戰鬥，在旁人眼中只能以異常形容。

少年帶著殺意發動攻擊，師父則會稍微觀察一下戰況，然後把少年打到瀕死，這種脫離常軌的戰鬥每天都在持續。

少年趁師父休息時偷襲，他的攻擊卻連師父的一根汗毛都碰不到，不能怪他向小狗求援。

然而就算多了小狗的幫助，依舊無法傷及師父分毫。

少年的拳與腿，小狗的爪與牙，還沒打中師父就遭到反擊，沒有一天例外。即使如此，少年還是不肯放棄，不停與師父交手。

不服輸到這個地步已經堪稱異常，被打倒多少次都不放棄的少年，某種意義上或許可以說他壞掉了。

與這樣子的主人共同作戰的小狗，在沒察覺到主人有多異常的情況下長大。

這也是理所當然，畢竟牠遇過的人類只有主人及師父。

※※※

數年過後……

儘管他們的攻擊仍然打不中師父，少年與小狗長大了，尤其是小狗，已經變成一隻強壯的大狗。

跑步再也不會跟不上少年，還可以獨自外出狩獵。抓到獵物的話少年會誇獎牠，因此牠狩獵的本領每天都在進步。

此外，牠還會跟少年一起狩獵，為少年學會各式各樣的本領。

等到牠有辦法獨自生活後，師父變得會帶少年到國外去。

師父說不能帶狗去，少年只得命令狗留在這裡看家。

寂寞歸寂寞，狗還是聽話地遵守主人的命令，在家等主人回來。

狗當然不會知道少年被師父帶去當傭兵，參加國外的戰爭。

數日後，少年一回來就抱著狗哭了。

狗不可能知道少年第一次殺了人，只能舔他的臉頰安慰他。

儘管情緒不穩的少年有時會遷怒到牠身上，狗從來沒想過要離開他。

之後，少年跟師父一起出門的次數越來越頻繁，家裡常常沒人。

每次狗都會寂寞地目送兩人離去，在兩人離家的次數超過十次的某一天……師父叫少年帶著狗一起去，當他的戰友。

至今以來都是師父在照顧少年，但師父不耐煩了，叫少年藉助動物的直覺與能力戰鬥。

於是，狗也開始參加戰爭。

戰場是槍聲從不停歇、大量生命消逝的地獄，不可思議的是，狗並不覺得害怕。

一方面是因為跟師父的戰鬥讓牠習慣了，另一方面是，這次牠可以待在主人身邊，而不是在家等他回來，這比什麼都還要令牠高興。

狗保護少年不被子彈打中，有時還會發現少年沒發現的陷阱。

一人一犬互相幫助，加深羈絆，跨越無數戰場。

在某次戰爭中，少年與狗中了敵方的陷阱，被留在敵陣孤立無援。

兩人被追兵追得逃進一座小洞窟，想不到敵人居然直接炸毀洞口，把友軍也跟著活埋。

少年因此斷了一隻手臂，然而，奇蹟似的有塊沒崩塌的區域，少年與狗活了下來。

拜其所賜，他們成功從敵人手中逃離，但他們都受了傷，沒辦法挖洞，只得在密閉空間內等待救兵。

同伴不惜挖開位於敵陣的豎穴救人的可能性，低得令人絕望，少年卻沒有放棄，持續等待救援。

他們節省地使用行囊裡的油燈，靠僅存的水及乾糧勉強維繫生命。

過了四天……少年與狗依然被困在洞窟裡。

他們抱在一起感受對方的存在，藉此平復心情，可是糧食跟水已經沒了，飢渴感逐漸將少年與狗逼入絕境。

這時，少年命令狗遠離自己。他怕自己太餓，把狗當成糧食。

「吼嚕嚕嚕……」

狗知道。

牠憑藉本能認知到，狩獵的規則就是輸家被吃，唯有勝者才能存活下來。

飢餓難耐的狗，第一次對少年露出利牙。

牠低吼著壓在少年身上，像在狩獵獵物般朝少年的喉嚨咬下去……假裝要這麼做。

狗完全沒想過要吃少年，反而想被他吃掉。

若不咬斷他的脖子，少年八成會反射性拿刀殺掉牠。這樣他就能拿牠當糧食活下去。

狗看著少年迅速拔出刀子，感到滿足。

牠不可能害怕。

為了少年，為了主人，為了家人……牠只是在報答少年的救命之恩。

「……你這笨蛋。」

然而……少年始終沒有揮下刀子，把刀放在地上。

對狗來說，少年很重要；對少年來說，狗也同樣是重要的存在。因此，他明白狗的意圖。

狗繼續努力假裝要攻擊少年，少年卻溫柔地抱緊牠。

「與其要吃掉你……不如死了好。」

少年還……保有理智。

所以他這麼想。倘若不犧牲任何事物就活不下來……

「腳……不行，這樣會沒辦法陪你散步。」

他接著望向骨折的那隻手。

「少了一隻手……還是活得下去。等我……我拿肉給你吃。」

少年拿繩子綁住上臂止血，用另一隻手握住小刀，準備砍下骨折的手時……

「哎呀呀，終於找到囉。」

「……師父？」

堵住洞口的岩石碎裂，師父來救他們了。

就這樣，倖存下來的少年與狗之間，萌生了絕不動搖的羈絆。

少年與狗痊癒後，再度投身於其他戰爭。

經歷眾多失敗，越變越強的這對組合無人能敵，葬送數不清的敵軍，甚至被人喚作死神。

他們介入世界各地的戰爭，回到家就和師父交手，過著忙碌又刺激的生活。狗只要能待在少年身邊就很幸福，日子雖然辛苦，卻非常充實。

※　※　※

少年成長為青年的時候……這樣的生活突然迎接尾聲。

『照你自己的意思活下去吧。』

青年首次打中師父一擊的隔天……師父留下這張字條，再也沒有出現在青年與狗面前。

「……贏了就跑，太卑鄙了。」

可是，青年想必早就預料到了。

比起師父消失不見，一次都沒有贏過她更令青年悲傷。

之後青年離開住了那麼久的家，跑去找透過戰爭認識的男人，成為收拾指定對象的特務。

足以打中師父一擊的實力、在戰場上鍛鍊出的經驗、使用現代兵器的技術——沒有人擋得住青年，獨自摧毀中規模基地的功績，讓許多人對他心生畏懼。

但是，這個時候狗並不在他身邊。

青年以特務的身分活躍於全世界，狗則在他們的藏匿處看家。

人與狗的壽命差距相當大。

青年得到最適合工作的身體，狗卻慢慢開始衰老。

即使如此，狗依然想跟在他身邊。青年出於擔心，將在某次工作時救回來的女性交給狗保護。

「幫我保護那傢伙。這是只有你做得到的工作。」

「汪！」

為了把狗留在家，他逼不得已下達這道命令。

就算牠老了、身體衰弱了，要是青年遇到危險，狗八成會不惜犧牲自己保護青年。雖然這樣講很殘酷，老狗在這個世界是無法存活的。

狗很寂寞，儘管如此，牠還是乖乖遵守主人的命令。

青年託牠保護的女性是被青年救回來的，將青年視為最重要的存在。也許是因為這幾個共通點，狗與女性的感情變得像戰友一樣好，每天都在等待青年歸來。

狗總是最快發現青年達成任務回來，出門迎接。

每次青年回來都會幫牠梳毛，陪牠玩飛盤，彌補他不在的這段期間。

然後狗再目送青年出去工作，寂寞又和平的日子一天天過去。

時間緩緩流逝，狗的身體隨著年紀增長日漸衰弱。

※ ※ ※

目送青年前往外國處理不曉得是第幾十次的工作後……過了幾天，狗已經連站起來的力氣都沒有。

不久前牠還開開心心跟青年玩過飛盤，如今卻完全沒有當時的活力，只是無力地趴在地上，被女性溫柔撫摸著。

「原來如此……你知道那個時候是最後一次跟他玩的機會。」

狗明白，自己再也跑不動了。

所以，牠用盡全力跟青年玩了一天，彷彿這是最後一次機會。

又過了幾天……狗清醒的時間越來越短。

每天都在女性的照顧下醒了又睡，睡了又醒，過著痛苦的日子……

即使如此，狗仍然沒有放棄生存。

就算沒辦法跟主人玩，說不定還可以再讓他摸一次——狗如此心想，努力地活著。

就算……青年下次回來是將近半年後的事。

又過了幾天……狗的壽命迎來盡頭。

壽命將近，意識逐漸模糊的感覺讓狗察覺到自己快死了，不過對牠而言，這種經歷並不是第一次。

還是小狗的時候，牠因為全身是傷、又餓又渴，一步也動不了，只能在雨中等死。現在的感覺跟那時候很像。

疼痛……飢餓……全都感覺不到，只有某種東西逐漸流失的感覺，支配狗的精神。

「嗷……嗚……」

可是……被主人撿到，被他抱起來的那股溫暖，狗至今仍然沒有忘記。

牠忘不掉。

好想再感受一次那股溫暖。

狗在心中祈禱，靜靜閉上眼睛。

墜入永遠不會醒來的夢鄉……

「……我回來了。」

狗感覺到重要之人的聲音與溫度，維持住了即將消失的意識。

牠擠出最後一絲力氣張開雙眼，最想見的青年氣喘吁吁地抱著牠。

那名女性也在旁邊，看見青年遍體鱗傷，臉色瞬間刷白。

「你、你沒事吧!?」

「沒事，我勉強把工作迅速搞定了。拜其所賜我才來得及，來得及看你……最後一眼。」

對狗來說，只要有主人在就夠了。

青年哭著撫摸牠，狗將意識全部集中在他溫柔的動作及體溫上。

「都是因為有你在，我才能走到這一步。所以……好好休息吧，我會看著你。」

「嗷嗚……」

狗在重要的人的守護下，在最喜歡的溫暖的包圍下……結束這一生。

※ ※ ※

『一個人很寂寞吧？運氣好的話——』

※ ※ ※

這句話是自己還是——的時候聽見的。

明明連自己怎麼了都想不起來，連重要的主人的長相和名字都想不起來……不知為何，只有這句話留在牠心中。

接著……牠想起一件事。

自己曾經是隻狗……

牠慢慢睜開眼，映入眼簾的是一片陌生的森林。

牠明明在重要之人身邊嚥下了最後一口氣，不知道為什麼，又變成一隻小狗倒在森林裡。

光這樣牠就夠驚訝了，更令人震驚的是，自己有辦法理解現狀、思考為什麼會變成這樣。

狗變得跟主人一樣、跟人類一樣，可以獨立思考，對自己明顯跟以前不同的身體感到疑惑。這時，附近的草叢出現一隻人形怪物。

當時的狗自然不會知道，那是叫做哥布林的魔物。

哥布林流著口水，一副找到美味獵物的模樣，遵循本能襲向顯然比自己弱小的存在。

狗被從來沒看過的神祕魔物嚇了一跳，自然而然擺出應戰姿勢。這也是拜跟青年一起和師父戰鬥、經歷無數戰爭的經驗所賜。

然而，小狗與哥布林的體型差距懸殊。

以小狗的身體，再怎麼掙扎也只搆得到哥布林的膝蓋。

再加上牠才剛清醒過來，還有點混亂，在這種狀態下應戰無異於自殺。

但狗的本能告訴牠，眼前的怪物並沒有多強，判斷自己贏得了。

狗閃開哥布林伸向牠的雙手，跳到手臂上爬到哥布林身上，咬住牠的喉嚨。

可是小狗的牙齒很短，頂多讓牠流點血。

因此狗的目的是讓對手失去戰意，藉此趕走牠……結果卻出乎牠的預料。

「嘰!?」

牙齒輕易刺進哥布林的喉嚨，扯下牠的肉，直接咬斷牠的喉嚨。脆弱得像在咬一塊豆腐。

狗理解了。這隻怪物很弱……不對，是自己太強。

儘管牠只咬了一部分的肉下來，喉嚨被咬斷的哥布林因為出血過多而死。

狗心想「既然解決掉敵人了，應該把牠吃掉」，望向哥布林的屍骸，發現自己不會感到飢餓。

不是因為還不餓，或是哥布林看起來很難吃；不知為何，牠知道自己不需要吃肉，甚至連排泄都不需要的樣子。

還是小狗就能一擊打倒怪物的壓倒性力量，以及不曉得還能不能算是狗的身體。謎團一個接著一個，狗為自己的變化納悶不已，同時感到不甘。

假如以前有這股力量，大概就不會被青年留下來看家了。

「嗷嗚……」

就算有這股力量，該與之同行的主人也已經不在。

倒在眼前的陌生魔物、明顯是不同世界的氣氛。狗得出結論，這裡不是原本那個世界。

世界不同，也象徵了重要的主人並不存在。

狗因為太過悔恨，放聲號叫，悲傷的聲音響徹四周。

既然不用進食，魔物的殘骸也沒用了。狗轉身離開，在森林中移動。

牠在途中遇見各種怪物，憑藉異常發達的五感事先偵測到敵人的位置，靠偷襲解決一隻隻怪物。

一開始的哥布林、從來沒看過的大狼、用兩隻腳走路的豬……狗打倒各式各樣的怪物，漫無目的地不斷前行。

然後牠終於找到水源，看見自己倒映在水面的模樣。

外表比起狗更接近狼，長著一身閃閃發光的白毛，還有一條柔軟強壯的長尾巴。

看到自己的樣貌明顯跟過去不同，狗瞬間不知所措。

自己之後該怎麼辦？

對牠來說比什麼都重要的主人不在，附近也找不到跟自己一樣的同伴。

重獲新生卻失去生存意義的狗陷入絕望，連站著的力氣都沒有，趴到地上。

「嗷嗚……」

沒有主人的世界有什麼意義……

『一個人很寂寞吧？運氣好的話說不定還見得到他……加油啊。』

這時，狗想起清醒前聽見的那句話。

那個聲音……是主人從未贏過的師父，師父離開前也說過這句話。

師父不僅強得跟怪物一樣，整個人的氛圍也和主人截然不同，狗開始懷疑自己之所以會在這裡，是不是師父造成的？

師父說牠說不定還見得到主人，這讓狗腦中浮現一個想法。

既然自己在這裡，主人或許也在這個世界……

找到生存意義的狗，決定先訓練自己變強。

牠現在就已經夠強了，長大後搞不好會變得更厲害，但牠見識過師父的力量，明白自己不能只等著長大，什麼都不做。

有那麼多怪物可以拿來訓練，戰鬥方式也只要回想看過好幾次的主人及師父的做法即可。

跟以前只會在旁邊看，偶爾遵循本能參戰的時候不同，以牠現在的智慧回想起來，有許多部分值得參考。

狗模仿主人，持續鍛鍊自己。

※　※　※

數年後……

像小狗一樣小的身體成長茁壯，狗成了立於森林生態系頂點的存在。

轉生到這個世界後，牠跟許多魔物戰鬥過，卻從未發現自己的同伴，因此牠推測自己可能是極為罕見、強大的物種。

狗得到足夠的力量，不需要繼續留在這座沒有家族也沒有同伴的森林裡，決定離開森林，前往外面的世界。

沒人能保證牠見得到青年。

就算這樣，牠還是相信希望，踏上漫長的旅途。

※　※　※

明白人類的欲望，知道自己有多稀奇的狗，為了避免被人發現，選擇在森林裡移動。某一天，狗救了被魔物襲擊的一名少女。

狗從少女口中得知自己是人稱百狼的存在，一邊保護有點放不下心的少女，一邊學習這個世界的常識。

不過，少女的家人差點被利欲薰心的貴族傷害，狗──百狼不著痕跡地解決那名貴族，決定離開少女身邊。牠雖然會擔心少女，可是既然主人不在，就沒必要待在這裡。

確認少女平安無事後，百狼消失了蹤跡。

※ ※ ※

百狼判斷主人不在這塊大陸上，將目標轉移到其他大陸。

想移動到其他大陸需要渡海，百狼碰巧找到一艘棄置的小船，便拿來當交通工具。

由於百狼不需要進食，牠搭著小船悠閒地於海上漂流，途中遇見一艘奴隸船。奴隸商人看百狼是珍奇的魔物，想要抓住牠，結果統統被扔進海裡。百狼發現船裡關著一大群奴隸，將他們放了出來。其實牠大可置之不理，但就算是百狼也不會開船，需要人類協助。

得到自由的奴隸是獸人，把拯救他們的百狼視為神明崇拜，然而百狼依舊沒找到主人，所以牠一抵達新的大陸就逃也似的離開。

之後牠來到各式各樣的大陸，偶爾還會觀察人類，被捲入事件中……卻完全沒發現主人的蹤跡。

就算這樣，百狼還是繼續牠尋找主人的旅程。

※　※　※

數十年過後……百狼來到某座森林。

牠找到一座沒被人類開發過的湖，四周長滿在月光下閃耀光芒的花，決定在這裡稍事休息。

自從牠發現自己雖然不用進食，卻要靠魔力為糧的那天起，百狼就經常尋找充滿魔力的土地待著。

這座森林與跟主人一起生活過的山氛圍相似，有點懷念。牠站在原地，突然出現外表像猴子的魔物攻擊牠。

百狼發現這一大群魔物和自己一樣是外來者，毫不留情將牠們趕出森林。

趕走礙事的魔物後，百狼趴到湖中央的岩石上，吸收周圍的魔力。

牠回想起主人撫摸牠的觸感，墜入夢鄉。

然後，百狼遇見帶著三名弟子的青年……

※　※　※

夢見往事的北斗醒了過來。

牠抬頭一看，主人——天狼星睡在旁邊的床上。

從室外的亮度判斷，差不多該起床了，北斗卻不小心起得有點早。

牠靜靜站起來，以免吵醒天狼星，站在床邊觀察主人的臉。

與上輩子截然不同的樣貌。

味道也完全不一樣……不過他看著北斗的眼神，以及對北斗灌注的愛情，都跟以前如出一轍。

那個時候，北斗確信天狼星就是牠的主人，得到新名字的瞬間……世界開始綻放光芒，牠哭著感謝這個世界讓牠重獲新生。

自己該在的地方果然是主人身旁，牠感動得放聲咆哮。

為了保護主人而鍛鍊出來的力量，能像這樣為主人使用，這比什麼都還要令牠高興。

然而，不曉得是不是因為做了過去的夢，北斗想起自己留下主人先行離世的那一天，覺得有點難過。

牠下意識把臉埋進主人胸前，感受最喜歡的溫度。

「……是北斗嗎？」

儘管北斗有注意不要壓到主人，天狼星還是因為胸口的異樣感醒來，伸手摸北斗的頭。

「你難得一早就來撒嬌。」

「嗷嗚……」

「我沒生氣。畢竟雖然有點早，是時候起床了。」

他就這樣摸了北斗一會兒，睡在隔壁床的雷烏斯也醒了。

「呼啊……早安，大哥，北斗先生。」

「早安，身體還好嗎？」

「那當然。傷口都好了，該讓僵硬的身體重新活動一下啦。」

兩人換上便於行動的衣服時，天狼星的戀人們進到房間向他道早。

所有人都穿著輕便的服裝，看來等等要去晨練。

「天狼星少爺，我們準備好了。」

「我對自己的體力算滿有自信的，但我有點怕跟不上你們耶。」

「菲亞小姐一定沒問題的。什麼訓練都沒做過的我，以前不曉得累倒過幾次……」

「可是莉絲姊一直沒有放棄啊？我覺得妳的毅力很厲害。」

「啊哈哈……因為你們兩個拚命鼓勵我嘛。」

「對了，累倒的話會有人照顧我對不對？天狼星，麻煩用公主抱抱我。」

「不要以會累倒為前提。而且別擔心，妳今天是第一次加入我們的訓練，我會掌握好分寸。」

北斗看著大家和樂融融地聊天，目光十分溫柔。

要應付這群徒弟很累人的樣子，不過看到主人過得充實又愉快，北斗也很高興。

天狼星的幸福，就是北斗的幸福。

「那出發吧。先隨便跑幾圈。」

「「是！」」

「我是新人，會努力跟上的。」

跟只有一人一犬，以打倒師父為目標的那時不同。

天狼星帶著四名重要的夥伴走向門口，轉頭用一如往常的語調呼喚北斗。

「走了，北斗！」

「嗷！」

北斗光芒四射的日子仍在持續……

番外篇《女人間的戰爭》

鬥武祭結束的數日後。

我們都掌握了彼此的實力，正當我想著差不多可以啟程時。

『勝者……艾米莉亞選手！艾米莉亞選手甩著一頭銀髮，以華麗的動作閃避對手的攻擊，憑藉威力遠遠勝過其他選手的魔法與速度贏得勝利！』

那一天，我們在鬥技場看艾米莉亞參加的比賽。

「讚啦，姊姊！」

「唔唔……虧她有辦法在這麼多人面前戰鬥。」

「姊姊挺習慣這種事的。下一場比賽是……喔，輪到菲亞姊了！」

補充一下，菲亞也有參賽，正在擂臺上對我們揮手。

她們參加的是鬥技場每天會換主題舉辦的特別大賽之一，規則是只能用魔法應戰。

跟鬥武祭比起來，特別大賽的知名度較低，不過由於這場比賽以華麗的魔法為重點，私底下挺有人氣的。為什麼這兩個人會參加呢？

事情要追溯到昨晚……在旅館房間悠哉度過的時候。

『欸，天狼星。你說明天要出發，要不要再留一天？』

『是可以，妳還有什麼事沒做嗎？』

『明天鬥技場會舉辦只能用魔法的比賽，我想參加。』

『天狼星少爺，我也想參加可以嗎？』

我們已經在鬥武祭賺到充分的旅費，沒必要參加這種比賽，可是我又不覺得她們會無緣無故就想參賽，便同意了。

「為什麼她們要參加這場比賽呀？那兩個人本來就很顯眼，特地做這種引人注目的事有點奇怪耶？天狼星前輩為什麼同意了？」

「我跟雷烏斯都有參加鬥武祭，如果我叫她們不准出場，豈不是很不公平？而且這應該也會是不錯的經驗。但……」

憑她們的實力肯定能過關斬將，有件事卻讓我不太放心。

「果然還是該叫她們穿褲子出場嗎？」

「你擔心的是這個!?不、不過確實會令人在意。真搞不懂為什麼動作那麼大還不會被看見。」

「啊……不就隨從該有的技術？」

她沒東西可以抓，無法抵抗，在空中被龍捲風用力甩來甩去。

不僅三半規管會受到影響，全身也得承受龐大的壓力。處在這種狀態下，就算有辦法維持清醒，身體也動彈不得。

如我所料，龍捲消失後，艾米莉亞沒有任何動作，直線朝地面墜落。

「有點太過分了。但對手是妳，我又不能手下留情，至少幫忙把妳接住吧……嗯？」

然而……艾米莉亞的判斷力超出菲亞的想像。

她抓準菲亞發動魔法接住她的瞬間，用風魔法和我發明的「空中踏臺」改變降落方向，一口氣飛到菲亞頭上。

本來她應該會被龍捲晃得失去意識，艾米莉亞卻故意不抵抗，順著風向旋轉，將身體負擔減輕到最低。正因為她平常使用的就是風魔法，才做得到這種事。

之後再假裝昏倒，偷襲大意的菲亞……

菲亞被殺了個措手不及，急忙叫出風試圖防禦，可惜……

「不會吧!?我可沒聽說——」

「這麼近就打得中了！『風衝擊』。」

距離這麼近，再加上幾乎灌注了所有魔力的風衝擊，射穿菲亞的防壁，直接將她轟出去。

艾米莉亞確信菲亞會飛到界外，臉上浮現笑容，然後立刻發現自己太天真了。

「糟糕——啊!?」

菲亞反射性使出的魔法現在才發動，一陣強風襲向艾米莉亞。尚未著地的艾米莉亞承受不住，同樣飛向後方。

她立刻用魔法抵消風的推力，順利降落在地面，但那裡已經不是擂臺上，而是界外。龍捲造成的負擔果然不小，導致她注意力分散了。

至於菲亞……

『菲、菲亞選手勉強留在界內！冠軍終於決定了！』

她停在擂臺邊緣，應該是因為她比艾米莉亞更快用風控制飛出去的速度。

就這樣，兩人分出勝負，菲亞在觀眾的歡呼聲中，與走回擂臺上的艾米莉亞握手。

「是我輸了。風魔法的使用方式及戰鬥技巧……我學到了不少。」

「不能這樣講。我大多是靠那些孩子用力量壓過妳，而且妳擅長的又不是只有魔法，還有小刀及體術。整體上來說，輸的人是我。」

這是所謂的……贏了比賽，輸了勝負嗎？

她們使出全力的時候，我真的有點慌，不過託這場戰鬥的福，這兩個人感情好像變得更好了。

看到她們互相稱讚、互相砥礪，我滿意地點點頭。

「總有一天，我是不是也得練到那個地步？嗚嗚……好沒自信。」

「妳順其自然就好。她們倆是例外。」

「欸，大哥，該不會姊姊她們參賽的目的就是這個？」

「可能吧，不過……」

用不著參加比賽，在能不用顧慮觀眾的城外打不就行了？是我想太多嗎？

在我思考的期間，頒獎典禮開始，菲亞跟我那個時候一樣，接受上來擂臺的播報員的採訪。播報員問了幾個問題後，提出大部分的男性觀眾都很好奇的問題。

『男人不可能放過像妳這種又強又美麗的女性吧？我就直接問了，請問菲亞選手有戀人嗎？』

『當然有。之前在鬥武祭優勝的那位就是我的戀人。順便補充一下，旁邊的艾米莉亞也是他的戀人。』

『咦？意思是……』

『天狼星！你看見我的英姿了嗎？』

『天狼星少爺！我雖然輸了，但我會繼續努力，成為配得上您的人！』

繼菲亞的告白後，艾米莉亞自己也用「風響」宣言。

原來如此……她們參賽的理由是這個嗎。

不只要藉機宣布自己有戀人，還跟我一樣，用實力讓其他人知道對她們出手不會有好下場。

她們確實說過不會當只被人保護的女人……我的戀人真堅強。

兩人笑咪咪地對我揮手，我也笑著揮手回應。

在那之後……這場比賽被譽為銀髮與綠髮妖精在擂臺上共舞的比賽，聲名大噪，大賽名稱從此定為「妖精魔鬥（Fairy Dance）」……隔天就離開加拉夫的我們，過了很久才聽說這件事。

後記

各位，好久不見，我是ネコ。

本作不知不覺出到了第七集，作者也很驚訝。

感謝這次也答應作者的要求繪製美麗插圖的Nardack老師。

以及協助第七集出版的諸多人士。

好了……明明跟菲亞會合了，雷烏斯戲分卻比較多的第七集，各位覺得如何呢？

以天狼星為中心的戀愛關係也有所進展，建立了小型後宮，不過大家到頭來還是老樣子。

我想讀者們之中應該也會有不喜歡後宮的人，但這裡是只要有愛又有出息，一夫多妻也沒什麼好奇怪的異世界，請各位多加包涵。

還有件事要報告，由吉乃そら老師繪製的漫畫版第二集也在同一時期發售了，有興趣的讀者請務必支持一下。

不曉得下一集會何時出版，祈禱能再跟各位見面……那麼再會。

國家圖書館出版品預行編目資料

WORLD TEACHER異世界式教育特務 / ネコ光一作 ;
Runoka譯. -- 初版. -- 臺北市 :
尖端, 2018.5- 冊 ; 公分
譯自 : ワールド.ティーチャー : 異世界式教育
エージェント
ISBN 978-957-10-7527-3(第4冊 : 平裝)
ISBN 978-957-10-7746-8(第5冊 : 平裝)
ISBN 978-957-10-7939-4(第6冊 : 平裝)
ISBN 978-957-10-8049-9(第7冊 : 平裝)
861.57　　107000779

浮文字
WORLD TEACHER 異世界式教育特務7
（原名：ワールド・ティーチャー - 異世界式教育エージェント - 7）

著　者／ネコ光一　封面插畫／Nardack　譯者／Runoka
發行人／黃鎮隆　副總經理／陳君平
總編輯／洪琇菁　國際版權／黃令歡、李子琪
執行編輯／梁瓏　美術編輯／李政儀
文字校對／施亞蒨　企劃宣傳／邱小祐、劉宜蓉
出　版／城邦文化事業股份有限公司 尖端出版
台北市中山區民生東路二段一四一號十樓
電話：(〇二)二五〇〇七六〇〇
傳真：(〇二)二五〇〇二六八三
E-mail：7novels@mail2.spp.com.tw
發　行／英屬蓋曼群島商家庭傳媒股份有限公司城邦分公司 尖端出版
台北市中山區民生東路二段一四一號十樓
電話：(〇二)二五〇〇—七六〇〇(代表號)
傳真：(〇二)二五〇〇—一九七九
北部經銷／祥友圖書有限公司
電話：(〇二)八五一二—三八五一
傳真：(〇二)八五一二—四二五五
中彰投以北經銷／楨彥文化行銷股份有限公司
(含宜花東)　電話：(〇二)八九一九—三三六九
傳真：(〇二)八九一四—五五二四
雲嘉經銷／智豐圖書股份有限公司 嘉義公司
電話：(〇五)二三三—三八五二
傳真：(〇五)二三三—三八六三
南部經銷／智豐圖書股份有限公司 高雄公司
電話：(〇七)三七三—〇〇七九
傳真：(〇七)三七三—〇〇八七
一代匯集／香港九龍旺角塘尾道六十四號龍駒企業大廈十樓B&D室
電話：(八五二)二七八三—八一〇二
傳真：(八五二)二七八二—一五二九
馬新經銷／城邦(馬新)出版集團Cite (M) Sdn. Bhd.
E-mail：cite@cite.com.my
法律顧問／王子文律師 元禾法律事務所
台北市羅斯福路三段三十七號十五樓
二〇一八年五月一版一刷
二〇一八年八月一版二刷

■中文版■

郵購注意事項：
1.填妥劃撥單資料：帳號：50003021戶名：英屬蓋曼群島商家庭傳媒(股)公司城邦分公司。2.通信欄內註明訂購書名與冊數。3.劃撥金額低於500元，請加附掛號郵資50元。如劃撥日起 10～14日，仍未收到書時，請洽劃撥組。劃撥專線TEL：(03)312-4212 ・ FAX：(03)322-4621。E-mail：marketing@spp.com.tw